D1353637

Nous remercions le ministère du Patrimoine canadien,
la SODEC et le Conseil des Arts du Canada
de l'aide accordée à notre programme de publication

Patrimoine   Canadian
canadien   Heritage

Conseil des Arts   Canada Council
du Canada   for the Arts

ainsi que le Gouvernement du Québec
– Programme de crédit d'impôt
pour l'édition de livres
– Gestion SODEC.

Nous reconnaissons l'aide financière
du Gouvernement du Canada
par l'entremise du Programme d'aide au développement
de l'industrie de l'édition (PADIÉ) pour ce projet.

Illustration de la couverture :
Carl Pelletier pour Polygone Studio

Maquette et montage de la couverture:
Grafikar

Édition électronique:
Infographie DN

Dépôt légal: 2e trimestre 2011
Bibliothèque nationale du Canada
Bibliothèque nationale du Québec

1234567890 IM 987654321

Copyright © Ottawa, Canada, 2008
Éditions Pierre Tisseyre
ISBN 978-2-89633-180-2
11402

SÉTI,
LA FILLE DU GRAND MOGHOL

TOME 7

SÉTI,
LA FILLE DU GRAND MOGHOL

TOME 7

DANIEL MATIVAT

roman

**ÉDITIONS
PIERRE TISSEYRE**
w w w . t i s s e y r e . c a

155, rue Maurice
Rosemère (Québec) J7A 2S8
Téléphone: 514-335-0777 – Télécopieur: 514-335-6723
Courriel: info@edtisseyre.ca

Catalogage avant publication de
Bibliothèque et Archives nationales du Québec
et Bibliothèque et Archives Canada

Mativat, Daniel, 1944-

    Séti, la fille du grand Moghol

    (Collection Chacal ; 58) (Séti ; 7)
    Suite de : *Séti, la guerre des dames*
    Pour les jeunes de 12 ans et plus.

    ISBN 978-2-89633-180-2

    I. Pelletier, Carl. II. Titre III. Collection : Collection
    Chacal ; 58.

PS8576.A828S488 2011   jC843'.54   C2010-942243-0
PS9576.A828S488 2011

I

Shadee

Six mois se sont écoulés depuis la fabuleuse mise au jour de la tombe de Séti dans l'oasis de Barahiya. Six mois pendant lesquels je n'ai cessé de m'interroger, de me poser les mêmes questions sans réponse. Les six premiers livres des mémoires de ce scribe égyptien devenu pharaon disent-ils la vérité? Le pouvoir du livre de Thot est-il bien réel? Des puissances maléfiques luttent-elles vraiment au fil des siècles pour s'en emparer? Et moi, quel est mon rôle dans cette histoire? Suis-je devenu, sans le vouloir, le gardien du livre sacré?

Tous les événements étranges qui ont suivi ma découverte archéologique sans précédent tendent pourtant à prouver que ce

 7

combat entre les forces du bien et du mal a bien lieu et que l'enjeu de cet affrontement n'est rien de moins que ce que des générations de prophètes et de visionnaires ont redouté : la fin des temps, le grand chaos cosmique qui pourrait engendrer l'anéantissement de l'humanité.

Tout cela, évidemment, me dépasse. Que dois-je faire ? Si je révèle publiquement l'existence du papyrus d'or et le contenu des confessions de Séti, on me traitera de fou. Mes collègues archéologues se gausseront de moi et diront à l'unisson que j'ai abandonné toute rigueur scientifique pour me livrer à des élucubrations à saveur ésotérique.

Il ne me reste qu'un espoir, celui que les derniers chapitres du récit de Séti m'indiqueront la voie à suivre.

C'est dans cet état d'esprit que j'ai ouvert le septième volume des aventures de Séti l'Égyptien.

Une surprise m'attendait. Le texte enjolivé d'arabesques et de miniatures raffinées de style oriental était écrit dans une langue qui m'était totalement inconnue. Dans un premier temps, la calligraphie élégante des mots me parut familière. Je songeai à de l'arabe ou à du turc classique. Mais les experts de l'Université McGill auxquels je fis appel me répondirent que cela ressemblait plus à du persan ancien, bien que certains passages défiaient la perspicacité des plus érudits d'entre eux.

Je pensai alors à une jeune linguiste d'origine iranienne, spécialiste des dialectes d'Asie centrale, avec qui j'avais entretenu une brève liaison du temps que j'étudiais, moi aussi, sur les bancs de la vénérable institution au pied de la montagne.

Elle s'appelait Shadee et je me souviens que lorsque je m'étais enquis pour la première fois de l'origine de son prénom, elle avait éclaté d'un rire sonore en répliquant:

— C'est du farsi[1] et cela veut dire «joyeuse»!

Shadee portait bien son prénom. Ses yeux noirs pétillaient de vie et quand elle dénouait ses longs cheveux, toute la chambre embaumait le jasmin. J'étais fou amoureux d'elle à cette époque. Malheureusement, nos carrières nous avaient vite séparés. Malgré tout, nous avions continué à échanger de brefs messages, par courrier, puis par Internet. En vérité, jamais je n'avais cessé d'éprouver pour elle

---

1. Dialecte persan d'Iran.

 9

un tendre sentiment fait d'amitié, de compli-
cité et de désir retenu… Elle enseignait à
Oxford. C'est donc avec une émotion mal
dissimulée que je me décidai à lui téléphoner.

— Allo? Shadee? C'est moi… Comment
vas-tu?

Elle gloussa.

— Bien! Et toi? Toujours en train de
dérouler les bandelettes de tes vieilles
momies?

J'écoutai en souriant les taquineries dont
elle ne manqua pas de me gratifier avant de
m'interroger sur le véritable objet de mon
coup de fil.

— J'ai un service à te demander. Un texte
à traduire. Il faut, par contre, que tu me
promettes quelque chose…

Elle s'esclaffa.

— Me forcer à tenir ma langue! Je ne te
garantis rien. Tu connais le proverbe: «Le
rossignol oubliera de chanter plutôt que la
femme de parler.»

— Non, je suis sérieux! Crois-moi, l'af-
faire est de la plus haute importance. Elle
présente même un réel danger auquel j'hésite
à t'exposer. Seulement, voilà: tu es la seule
en qui je peux avoir confiance.

Sa voix devint sérieuse.

— Tu m'intrigues…

Nous convînmes que je lui ferais parvenir par courriel une version numérisée du manuscrit. Elle me promit qu'elle ferait son possible pour me retourner la traduction d'ici une quinzaine de jours au maximum.

— Je te l'expédierai par la poste ou par courrier électronique.

— Non, non, lui répondis-je. Appelle-moi quand tu auras terminé. Je prendrai l'avion…

Trois semaines passèrent.

Je commençais à me ronger les sangs d'inquiétude lorsque je reçus enfin ce texto: « C'est fait, tu peux venir… »

Le lendemain j'étais à Londres et, quelques heures plus tard, je frappai à la porte du petit appartement de South Kensington où Shadee avait installé ses pénates.

Les yeux rougis par le manque de sommeil, mon ancienne flamme m'accueillit vêtue d'une nuisette et d'un peignoir de soie qu'elle referma pudiquement de sa main droite tout en m'invitant à entrer.

— Tu as fait bon voyage?

— Non, pas vraiment. Des vents contraires et des turbulences comme je n'en ai jamais vu.

Elle m'offrit une tasse de thé et, pendant qu'elle me servait, je respirai son parfum et l'observai à loisir. Elle était toujours aussi belle.

Elle leva les yeux, surprit mes regards indiscrets et me sourit.

— Tu n'as pas changé !

— Toi non plus.

Elle sortit de la pièce un moment pour aller chercher le fruit de son travail.

J'en profitai pour jeter un coup d'œil aux livres garnissant sa bibliothèque. Sur une des tablettes, je reconnus une statuette de chat que je lui avais offerte au retour d'une de mes premières campagnes de fouilles, en Égypte. Quand elle revint, je lui montrai la sculpture.

— Tu l'as gardée depuis tout ce temps !

Elle fit la moue, comme si je venais de réveiller un souvenir empreint de mélancolie, mais retrouva presque aussitôt sa gaieté avant de me tendre une centaine de feuillets manuscrits.

— Voilà, j'ai fait de mon mieux. Un vrai casse-tête, ton texte. J'ai d'abord cru que c'était du ouïgour[2]. Erreur. Finalement, c'est

---

2. Dialecte parlé par un peuple d'origine turque vivant en Asie centrale et dans la province chinoise de Xin-Jiang.

du tartare, ou plutôt du chagataï, la langue parlée par les Mongols nomades descendants de Gengis Khan qui se sont autrefois taillé un empire dans le nord de l'Inde. Ton document date sans doute du XVIIIe siècle, peut-être du règne de l'empereur Shāh Jahān, petit-fils d'Akbar et sixième Grand Moghol de la dynastie des Timurides[3]. Par contre, j'ai eu beau fouiller dans les annales de cette époque, je n'ai trouvé aucune trace de ce Séti qui semble avoir vécu à la cour d'Agra. Aucune allusion, non plus, à ce fameux livre de Thot qui, dans cette histoire, semble jouer un rôle crucial.

Elle s'interrompit, attendant sans doute des explications.

Je fus tenté de soulever pour elle un pan du mystère. Toutefois, le souvenir de ce qui était arrivé à ce pauvre Harvey Wiseman[4] m'en dissuada et je m'empressai de détourner la conversation.

— Je te remercie. Je ne peux rien te dire de plus. En vérité, je doute moi-même de l'authenticité de ce récit. Quand j'aurai lu ta

---

3. Dynastie fondée par Timur le Boiteux (1336-1405). Mieux connu sous le nom de Tamerlan, ce souverain musulman s'empara du nord de l'Inde, en 1398.
4. Voir Séti, tome 6, *La guerre des dames*.

traduction, je t'en reparlerai. Au fait, quelle heure est-il? Je meurs de faim. Habille-toi! Je t'invite au restaurant de ton choix. Dix ans sans se voir: nous devons avoir mille choses à nous raconter...

Cette soirée ne se déroula pas exactement comme je l'avais imaginé.

Assise sur la banquette en face de moi, Shadee était si belle que je m'en voulus de l'avoir quittée.

Elle dut deviner mes pensées car, devant mon silence et mon air attristé, elle posa sa main sur la mienne et se pencha pour me murmurer à l'oreille:

— C'est le passé, il ne faut rien regretter...

Je hochai la tête en signe d'approbation sans pour autant être intimement convaincu du bien-fondé de ce conseil.

J'avais chaud. Je vidai mon verre de vin d'un trait et m'en versai un autre, sentant monter dans mon esprit un malaise grandissant qui se révélait tout à coup étranger à ces réflexions nostalgiques sur mes erreurs de jeunesse.

Il y avait autre chose... Telle une bête traquée, je subodorais l'approche d'un ennemi invisible.

Shadee s'aperçut de mon inconfort.

— Tu ne te sens pas très bien. On peut s'en aller si tu préfères…

Je desserrai mon nœud de cravate afin de mieux respirer.

— Non, non… Tout va bien. La fatigue due au décalage horaire, sans doute…

Le serveur vint nous demander si nous étions satisfaits du service. C'est alors que je ressentis la désagréable impression d'être observé.

Je regardai par-dessus mon épaule. Nous étions entourés de clients qui bavardaient tranquillement, fourchette à la main. Cela ne calma aucunement ma nervosité. J'en avais la certitude : l'entité mystérieuse qui semblait me poursuivre pour me dérober le livre de Thot était là, tout près. Je percevais avec une intensité presque insoutenable sa présence hostile dans toutes les fibres de mon corps.

Je me dressai brusquement.

— Il ne faut pas rester ici !

Shadee me dévisagea, étonnée, mais se leva sans me poser de questions.

Elle me fit quand même part de ses appréhensions dans le taxi qui nous ramenait vers son appartement.

— Tu es malade ? Que se passe-t-il ? De quoi as-tu peur ?

Je ne lui répondis pas, trop occupé que j'étais à scruter le rétroviseur, craignant d'être suivi.

Un épais brouillard typiquement anglais noyait les rues, laissant à peine entrevoir les halos lumineux des phares des autos qui faisaient surgir, ici et là, des silhouettes fantomatiques aussitôt avalées par la nuit.

Je savais fort bien ce que Shadee devait se dire. «Il a perdu la raison. Il est en pleine crise de paranoïa!» Elle n'avait pas forcément tort. Rien, apparemment, ne justifiait mon accès de panique. Pourtant, je ne pouvais m'empêcher de penser que quelqu'un ou quelque chose m'avait pris en chasse et que le danger était imminent.

La voiture s'immobilisa. Lorsque je voulus en descendre, je fus pris de vertiges et Shadee dut me soutenir pour monter l'escalier jusqu'à son logement.

Après tout, elle était peut-être dans le vrai. Je n'étais pas dans mon état normal. J'avais trop bu et l'alcool me faisait probablement halluciner.

Elle me coucha et je crois bien qu'elle se déshabilla avant de s'étendre auprès de moi. Toujours est-il que je sombrai à l'instant dans un sommeil agité, hanté par des visions cauchemardesques qui me parurent authentiques au point où je me réveillai plusieurs fois en sursaut, trempé de sueur.

Le rêve était toujours le même.

Je me retrouvais enfermé dans la chambre du tombeau que j'avais découvert dans le Djebel-al-Mawta[5]. J'avais entre les mains le papyrus d'or du livre de Thot et je m'apprêtais à le déposer dans le sarcophage qui trônait au milieu du sépulcre quand, tout à coup, un énorme serpent m'attaquait et m'enserrait dans ses anneaux meurtriers. J'avais beau me débattre : je ne pouvais plus respirer et je sentais la vie s'échapper peu à peu de mon corps… Mais, juste à ce moment-là, un chat noir portant un collier somptueux bondissait sur le monstre, le saisissait à la gorge et le secouait vigoureusement jusqu'à ce qu'il lâche son étreinte mortelle. Puis le félin se tournait vers moi et me répétait en égyptien : « Inutile de replacer le livre. Reprends-le. Tu en es le nouveau gardien. Les dieux t'ont choisi ! »

Ce fut Shadee qui me tira de ce mauvais songe en m'agrippant de toutes ses forces.

---

5. Voir Séti, tome 1, *Le livre des dieux.*

 17

— Réveille-toi ! Reprends tes esprits !
Tu délires !

Je me frottai les yeux, encore à demi
endormi.

Nue sous le jeté dans lequel elle s'était
drapée, Shadee se tenait au pied du lit, un
chat noir dans les bras.

Troublé par cette étrange coïncidence, je
lui demandai :

— Il est à toi ?

— Non, je ne sais pas comment il est
entré. Je l'ai trouvé inanimé sur le tapis de
la bibliothèque. Tu devrais venir voir les
dégâts. Je ne sais pas ce qui s'est passé
cette nuit…

Effectivement, dans la pièce voisine, le
spectacle était désolant. Le plancher, jonché
de livres. Le canapé, renversé et vidé de son
rembourrage. Le papier peint, lacéré.

— Des voleurs ?

Shadee fit un signe négatif de la tête.

— Non, rien n'a été dérobé. À mon avis,
notre intrus cherchait quelque chose et a été
surpris. Regarde, il y a des traces de lutte.

— On dirait bien… Mais comment se fait-
il que nous n'ayons rien entendu ?

Shadee, qui semblait surtout navrée par
l'état de ses précieux volumes, ne releva pas

ma remarque et fouilla parmi les livres épar-
pillés pour en retirer une chemise. Elle y
replaça un à un les feuillets qui s'en étaient
échappés.

— Au moins, le manuscrit de la traduction n'est pas perdu... J'espère que...

Elle se tut subitement, les yeux fixés sur
l'une des tablettes vides de sa bibliothèque.
J'examinai à mon tour l'étagère: l'effigie de
Bastet dont je lui avais fait cadeau autrefois
n'était plus là.

Visiblement affectée par cette perte,
Shadee inspecta la pièce dans l'espoir de
retrouver la statuette.

Voyant combien elle tenait à ce bibelot,
je voulus l'aider dans sa recherche lorsque,
d'un seul coup, le chat en chair et en os que
Shadee tenait dans ses bras sauta et vint se
poster devant moi. La bête, bien assise, se
mit à me toiser de ses prunelles d'ambre en
adoptant la position de la statue perdue,
vivante image de Bastet, la grande déesse
protectrice.

Le lendemain, je reprenais l'avion pour
Montréal. Shadee m'accompagna à l'aéroport

de Heathrow et, avant de nous séparer, elle m'embrassa longuement.

— Tu me donneras des nouvelles?

— Promis!

Dès mon retour, je me consacrai à la lecture du septième chapitre de la vie de Séti.

Je vous en livre le contenu à travers la traduction de Shadee.

II

Sur la route de l'Inde

Au cours du siècle écoulé, en compagnie de Fiametta[6], j'ai admiré bien des merveilles issues du génie de l'homme. J'en ai même recouvré momentanément ma foi en l'humanité.

À Rome, j'ai vu Michel-Ange peindre le plafond de la chapelle Sixtine. En France, j'ai discuté avec maître Léonard qui m'a montré les plans de sa machine volante et de ses inventions toutes plus fantastiques les unes que les autres. Dans les ports du Portugal et de l'Espagne, j'ai assisté au retour de caravelles chargées d'épices et de fruits inconnus. À Mayence, j'ai travaillé dans une nouvelle imprimerie et, en Pologne, j'ai été le premier

---

6. Voir Séti, tome 6, *La guerre des dames.*

à lire les ouvrages de Nicolas Copernic qui ont changé à jamais ma perception des étoiles et de la marche de l'Univers.

Oui, j'ai bien pensé, pendant quelques décennies, que le livre de Thot trouverait bientôt sa place dans un âge d'or. Une ère bénie où les hommes, devenus eux-mêmes des dieux, seraient dignes des secrets du papyrus sacré.

Hélas, je m'étais nourri d'amères illusions. Encore une fois, la guerre ne tarda pas à ravager la vieille Europe. Français contre impériaux, Ottomans contre Autrichiens, Espagnols contre Anglais, papistes contre huguenots. Combien de villes brûlées au nom de la *vraie religion* et des folles ambitions de quelques princes assoiffés de pouvoir? Combien d'armées anéanties, de flottes coulées? Combien d'innocents torturés, violés, pendus, décapités, arquebusés ou passés au fil de l'épée?

Après mon départ de Rome, à la mort de Fiametta qui me quitta à un âge plus que vénérable[7], j'ai vécu de longues années complètement désemparé. Partout où je me fixais, pensant avoir trouvé une terre d'asile et de

---

7. Voir Séti, volume 6, *La guerre des dames.*

paix, j'assistais bientôt aux mêmes déferle-
ments de soudards et aux mêmes désolations.
Du moins, jusqu'à ce que je me rende aux
Pays-Bas, nouvellement libérés du joug
espagnol.

Bien qu'ayant épousé la foi protestante,
ce petit pays unissant sept provinces éri-
gées en république était dominé par des
marchands à l'esprit ouvert, bons vivants,
amateurs d'art et curieux de découvertes
scientifiques. La richesse de ces gens n'avait
d'égale que leur goût pour le luxe et le confort
bourgeois. Cela faisait de la ville d'Amsterdam,
où j'avais élu domicile, le refuge de tous les
persécutés et de tous les libres-penseurs.

J'avais loué une coquette maison au bord
d'un canal bordé de grands ormes. J'aimais
la quiétude de mon quartier avec ses
demeures en briques aux façades étroites et
aux pignons à redents. Non loin se profilaient
des moulins à vent dont les ailes tournaient
si lentement qu'elles semblaient inviter le
promeneur à ralentir le pas pour mieux
admirer le soleil couchant ou regarder les
coches d'eau[8] remontant le courant halés par
de vieux chevaux.

---

8. Chaland de rivière utilisé pour le transport en
   commun.

Ici, je ne craignais aucune violence. Les autorités municipales ignoraient ma présence et mes voisins gardaient une distance respectueuse, autant les vieillards qui passaient leur journée assis devant leur porte que les mères de famille qui balayaient le trottoir, daignant à peine me faire un petit signe amical ou me gratifier d'un sourire poli.

Bref, je vivais au rythme de cette ville sereine qui s'éveillait uniquement les jours de marché, le temps d'une kermesse ou lorsqu'on annonçait l'arrivée d'un navire.

Je lisais pendant des heures et, l'hiver, je me postais à la fenêtre pour voir les enfants patiner sur les canaux gelés. Puis, quand l'envie me prenait de me secouer un peu, je descendais jusqu'au port sur les bords de l'Amstel où je passais une bonne partie de la soirée dans une taverne à l'enseigne du Tonneau d'or.

Cet établissement était fréquenté surtout par des marins et, en entrant dans la salle enfumée au plafond bas, on était saisi par le tohu-bohu mené par tous ces hommes qui beuglaient et chantaient à tue-tête en trinquant avec leurs pichets d'étain.

La première fois que je m'y rendis, plutôt indisposé par cette atmosphère de fête un peu fruste, je fus tenté de faire demi-tour mais, bientôt, je m'habituai à ce vacarme au point de ne plus entendre le son du violon, les cris des grosses filles blondes qui dansaient pesamment, les rires gras des joueurs de dés et les plaisanteries grivoises qu'adressaient les matelots aux serveuses pulpeuses qui circulaient entre les tables.

J'avais pris l'habitude de m'installer au fond de la pièce dans un coin plus tranquille où se rassemblaient les officiers de marine qui discutaient en fumant leur longue pipe de terre cuite. L'un d'eux jouait aux échecs contre lui-même et, comme je m'intéressais à sa partie, il finit par me proposer d'en disputer une avec lui.

Il s'appelait Petrus Van der Noot, capitaine au service de la toute-puissante Compagnie des Indes orientales[9] pour laquelle, chaque année, il rapportait des Moluques une pleine cargaison de noix de muscade et de clous de girofle.

---

9. Fondée en 1602, la Compagnie des Indes orientales (CIO) connue aussi sous le nom de Vereemidge Oost-Indische Compagnie (VOC), faisait le lucratif commerce des épices avec les îles de la Sonde (aujourd'hui l'Indonésie), où elle avait établi le comptoir de Batavia (1619).

— Vous savez d'où vient ce jeu ? me demanda-t-il, sans doute pour agrémenter la conversation.

— Non, je l'ignore.

— Des Indes, mon cher ami. Vous n'êtes jamais allé là-bas ?

— Non.

— Un pays fabuleux. Chaque fois que je le peux, je fais escale à Surat. C'est le port principal de l'empire du Grand Moghol, un bonhomme plus riche que tous les rois d'Europe réunis. Vous ne me croirez peut-être pas mais, dans cette ville, les toits des maisons sont couverts de tuiles d'or et leurs murs sont faits de marbre et de porphyre. Quant aux femmes…

Il s'interrompit pour bouger son fou et avaler une gorgée de bière avant de continuer :

— Quant aux femmes, avec leurs saris de mousseline transparente et leur bindi[10] au milieu du front, elles sont si belles qu'elles doivent se voiler le visage pour ne pas rendre

---

10. Le bindi, ou tilak, est un point rouge que les femmes indiennes arborent sur leur front. Cette marque est censée porter bonheur, préciser l'appartenance à une religion ou simplement indiquer si la personne est mariée.

fous d'amour tous les hommes qu'elles croisent.

— Vous exagérez !

— À peine !

Le capitaine s'esclaffa, tout heureux de m'avoir déconcerté par la grosseur de ses menteries.

Il avança sa reine :

— Mat en trois coups ! Vous avez perdu !

La partie terminée, Petrus se cala dans son fauteuil et tira une longue bouffée de sa pipe.

— Prendre la mer, ça ne vous tente pas ? Personnellement, je ne suis pas à mon aise à terre. Après quelques semaines, j'étouffe. Il me faut l'espace du grand large. Vous avez l'air solide. Vous me semblez instruit. Pourquoi ne pas vous joindre à ma prochaine expédition ? J'ai besoin d'un homme de confiance pour m'épauler. J'appareille dans huit jours avec la flotte d'automne.

Je protestai amicalement :

— Voyons, je ne connais rien à ce métier.

— Qu'importe, je ne vous demanderai pas de commander la manœuvre ou de grimper dans la mâture. C'est d'un second dont j'ai besoin. Le mien est mort du scorbut, l'an dernier. Vous savez lire une carte ?

— Oui.

— Vous sauriez tenir un journal de bord ?

— Oui.

— Vous savez calculer et seriez capable d'apprendre à faire le point ?

— Je crois.

— En cas d'urgence, vous pourriez amputer une jambe gangrenée ou arracher une dent ?

— Sans doute.

— Alors vous êtes la perle rare que je cherche ! Topez là !

Je me demande encore pourquoi j'acceptai cette proposition. Je croyais pourtant avoir trouvé la paix intérieure sur cette terre accueillante de Hollande. Ce sentiment, au fond, devait être superficiel. En réalité, j'étais toujours possédé par le démon de l'aventure et ma quête d'absolu n'était pas terminée.

Et c'est ainsi que, le 10 octobre 1629, j'embarquai sur le trois-mâts *Haarlem*, une flûte de trois cents tonneaux armée de huit canons et ayant à son bord seulement vingt-cinq hommes d'équipage parmi lesquels une bonne moitié d'infâmes gibiers de potence et de traîne-misère ramassés ivres morts dans les pires tripots de la cité.

Plus lents que les autres, nous fûmes rapidement distancés par le reste de la flotte des Indes, et ce, malgré une bonne brise arrière qui gonflait nos voiles et qui ne faiblit guère avant les îles du Cap-Vert.

Comme je n'avais pas encore le pied marin, il me fallut plusieurs semaines avant de m'accoutumer au roulis du navire, au grincement des cordages et des poulies et au piétinement incessant au-dessus de ma cabine.

En vérité, pendant cette première partie du voyage, trop malade pour monter sur le pont, je ne quittais guère mes quartiers. Je demeurais cloîtré dans ma chambre exiguë où il y avait juste assez de place pour une couchette, une petite table de travail et le coffre solidement cadenassé dans lequel j'avais enfermé le livre de Thot et mes effets personnels.

Le capitaine, évidemment, n'avait pas le temps de s'occuper de moi. Néanmoins, tous les jours, il m'invitait à sa table. Invitation que je repoussais systématiquement, des nausées s'emparant de moi rien qu'à l'idée d'avaler en sa compagnie une tranche de lard

 29

salé ou un hareng fumé arrosé d'une tasse de genièvre.

— Une partie d'échecs, alors?

— Pas aujourd'hui, capitaine! Plus tard, peut-être…

Bref, pendant un mois je restai seul. Enfin… presque seul, car le chat des cuisines, attiré par l'écuelle de soupe et les restes de poisson que je lui abandonnais, avait pris l'habitude de me tenir compagnie.

Je m'informai de son nom auprès de Petrus.

— Il n'en a pas, me répondit le capitaine. C'est *le chat*. Ne le nourrissez pas trop. Son rôle est de chasser les rats de cale, pas de dormir sur vos genoux et d'engraisser à ne rien faire.

— Je l'appellerai Anty, si ça ne vous dérange pas.

Petrus haussa les épaules, trouvant sans doute ridicule mon intérêt pour une créature aussi insignifiante à ses yeux.

Bien entendu, à titre d'officier en second, je ne pouvais demeurer encore très longtemps confiné dans ma cabine à lutter contre le mal de mer et, dès que je me sentis le cœur assez solide, je sortis en empruntant l'échelle pour rejoindre le pont. D'un bond, mon fidèle compagnon à quatre pattes, qui ne me quittait plus d'une semelle, m'y rejoignit.

Frappé de plein fouet par de violentes rafales, je fis quelques pas hésitants et, sans le vouloir, bousculai un grand marin affairé à commander les autres. C'était Klaas, le maître d'équipage, une espèce de brute au visage traversé de biais par une horrible cicatrice laissée par un coup de sabre.

Il me toisa de la tête aux pieds avec mépris avant de remettre ses mains en porte-voix pour crier aux matelots grimpés dans les hunes :

— Eh ! vous, là haut ! Vous dormez, ou quoi ? Vous n'avez pas entendu les ordres du capitaine ? Toutes voiles dehors ! Larguez les ris ! Déferlez-moi le maximum de toile !

À cet instant, Anty eut le malheur de s'approcher de cet inquiétant personnage qui n'arrêtait pas de houspiller les malheureux accrochés aux vergues et qui risquaient, à chaque seconde, d'être emportés par une bourrasque ou le claquement d'une voile mal arrimée.

Klaas aperçut mon chat à ses pieds et lui décocha un coup de botte si violent que le malheureux animal vola dans les airs.

— Ôte-toi de là, sale bête !

 31

Anty tomba lourdement sur le pont et j'eus tout juste le temps de le ramasser avant qu'un paquet de mer ne l'emporte par un des trous percés dans le bastingage afin d'évacuer l'eau.

— Pourquoi avez-vous fait cela ?

Le maître d'équipage esquissa un sourire mauvais. Au lieu de me répondre, il se contenta de me tourner le dos avec insolence pour se remettre aussitôt à hurler.

— Grouillez, là-haut, tas de fainéants, ou c'est à vous que je vais botter le cul !

Je compris que cette bordée d'injures m'était adressée autant qu'elle était destinée aux hommes qui assuraient la manœuvre.

Aucun doute n'était possible. Sans que je sache pourquoi, ce grossier individu me haïssait et allait certainement transformer ma vie sur ce bateau en un véritable enfer.

En effet, parvenu au large des côtes occidentales de l'Afrique, les difficultés commencèrent. Tout à coup, le vent tomba, laissant place à un calme plat qui dura des jours et des jours. Plus un souffle de vent. Un soleil de plomb. Une chaleur suffocante. Une mer d'huile, miroir aveuglant.

Le capitaine, superstitieux comme la plupart des gens de mer, jugea que son Dieu tout-puissant devait y être pour quelque chose et, à son avis, une seule solution s'imposait: prier le Seigneur en espérant être entendu de lui.

Pour ce faire, il rassembla l'équipage et, debout sur la dunette, le harangua en ces termes:

— Dieu nous retient ici pour nous punir de nos péchés. Qui l'a offensé? Je l'ignore. Toujours est-il que, désormais, il est interdit de blasphémer à mon bord. Les rations de rhum sont supprimées. Plus de cartes à jouer, plus de dés, plus de violon ni de chansons licencieuses pendant les quarts de repos. Enfin, je veux vous voir tous réunis au pied du grand mât matin, midi et soir pour louer ensemble le Très-Haut et implorer sa miséricorde.

Le lendemain, et tout le reste de la semaine, loin de s'améliorer, la température s'accrût encore au point où il devint impossible de s'aventurer sur le pont sans avoir l'impression de marcher sur des charbons ardents. Impossible de dormir à l'intérieur tant la chaleur était suffocante. Presque nus, les hommes passaient la journée sur le pont, couchés sous des tentes de fortune et se disputant la moindre parcelle d'ombre.

Tout cela n'empêcha pas Petrus Van der Noot de s'en tenir à sa ligne de conduite et d'exiger que, trois fois par jour, les hommes se lèvent et s'attroupent, chapeau bas, en plein soleil, pour l'écouter lire d'interminables passages de la Bible et chanter avec lui à pleins poumons, la tête vers les cieux :

Écoute, ô Dieu, mes cris.
Sois attentif à ma prière !
Du bout de la terre vers toi j'appelle[11] …
Mon Dieu, mon Dieu,
Pourquoi m'as-tu abandonné ?
Yahvé, fais-moi connaître tes voies,
Enseigne-moi tes sentiers,
Dirige-moi dans ta vérité.
C'est toi le Dieu de mon salut[12].

Peine perdue. Malgré ces exercices de dévotion répétés jusqu'à l'épuisement, le soleil continua de plomber et le *Haarlem* de dériver lentement, voiles pendantes, au gré des courants marins. La situation était des plus périlleuses car, selon mes calculs, nous risquions de nous échouer sur les hauts-fonds et les bancs de sable de la côte.

J'en informai Petrus qui fit la grimace.

---

11. Psaume 61.
12. Psaume 25.

— Il va falloir s'éloigner à tout prix vers l'ouest pour retrouver les vents favorables.

S'éloigner de la terre. Cette solution ne suscita pas immédiatement de la grogne, mais le mécontentement commença à gronder lorsque les matelots, en sueur et déjà exténués, durent descendre dans les chaloupes mises à l'eau et ramer pendant des heures pour prendre le lourd navire en remorque.

Ainsi, un matin, plusieurs marins refusèrent de quitter leur hamac. Sur-le-champ, le capitaine les fit mettre aux fers puis, devant l'équipage réuni, il ordonna d'attacher le meneur au mât de misaine.

— Maître d'équipage, châtiez-moi ce misérable! ordonna-t-il. Quarante coups de fouet !

Klaas s'avança, armé d'une lanière de cuir enduite de goudron, et commença à frapper, en comptant à voix haute:

— Un… Deux… Trois…

Le fouet zébra de lignes rouges la chair du malheureux.

Petrus demeura imperturbable jusqu'au douzième coup, à la suite duquel, jugeant sans doute que le bourreau manquait de vigueur, il interrompit le supplice.

— Plus fort, monsieur Klaas, sinon c'est vous que je ferai cingler.

Les coups plurent de nouveau à toute volée. Au quarantième, le dos du matelot n'était plus qu'une bouillie sanglante et, lorsqu'on le détacha, le condamné s'effondra sur le pont, inconscient.

Petrus opina du bonnet et, pendant que les hommes retournaient à leur poste, il me prit à part.

— Monsieur Séti, vous avez l'air épouvanté. Ne le soyez pas, ou feignez mieux l'indifférence. Devant cette racaille, il ne faut jamais témoigner la plus petite faiblesse. Ce sont des bêtes…

Il me désigna l'homme qui, maintenant, gisait à terre geignant au milieu d'une flaque de sang.

— D'habitude, un simple seau d'eau de mer suffit à les soigner. Le sel nettoie les plaies. Celui-là, par contre, semble avoir besoin de vos soins. Je vous le confie.

Petrus avait cru, par cet exemple, mater définitivement l'esprit de rébellion. En fait, il n'avait fait qu'étouffer brièvement le feu qui couvait.

Au rythme lent des avirons, le navire avait beau voguer vers le milieu de l'Atlantique, nous ne trouvions toujours pas les alizés.

Petrus s'époumonait :

— Souquez ! Souquez ferme ! Maintenez la cadence !

Les hommes s'épuisaient à vue d'œil, et cela, d'autant plus rapidement que bientôt, malgré le rationnement, les vivres commencèrent à manquer.

Cette fois, le capitaine parut s'inquiéter sérieusement et m'assigna la tâche ingrate de surveiller la cale avant où étaient empilés les tonneaux d'eau douce et conservées les provisions de bouche.

L'endroit dégageait une puanteur insupportable. Dès ma première inspection, je constatai qu'ayant croupi sous l'effet de la chaleur, l'eau était devenue presque imbuvable. Quant aux aliments solides, ils ne valaient guère mieux. La viande était avariée. Les biscuits et la morue séchée, pleins de vers. La farine, infestée de charançons.

Pourtant, dès qu'on distribuait cette boisson et cette nourriture infectes, les hommes se jetaient dessus avec une avidité féroce, prêts à s'entretuer pour protéger leur tasse ou leur écuelle de la convoitise de leurs voisins de misère.

Bientôt, comme je le redoutais, il ne resta presque plus rien à partager.

Je remarquai cependant que certains matelots, parmi lesquels Klaas, le maître-voilier et le charpentier, n'avaient pas l'air de souffrir plus qu'il ne fallait de cette disette. En effet, les trois lascars gardaient le teint frais et le pied alerte alors que les autres maigrissaient et présentaient les premiers signes du scorbut : gencives tuméfiées, dents qui se déchaussent, saignements de nez, langue noire et vomissements.

Cette exceptionnelle vitalité éveilla mes soupçons et, après avoir effectué de nouveau l'inventaire des provisions restantes, j'en vins à la conclusion évidente que ces canailles pillaient nos réserves.

Je me devais de les démasquer au plus vite.

Or donc, plusieurs nuits de suite, armé de deux pistolets, je m'embusquai dans les profondeurs ténébreuses du navire.

Ma patience fut vite récompensée.

Un soir, vers minuit, j'entendis des chuchotements. Quelques individus, à la lueur d'un fanal, venaient de se glisser dans la cale et, sans plus tarder, ils se mirent à déclouer un des panneaux de la cloison protégeant les vivres.

Je ne m'étais pas trompé. Il s'agissait bien de Klaas et de ses deux complices.

À mon tour, j'allumai la lanterne que j'avais emportée et me dressai en criant :

— Les mains en l'air, coquins ! Vous êtes faits comme des rats !

Klaas, qui avait déjà un tonnelet d'eau de vie sous le bras, joua les fanfarons en faisant un pas vers moi.

— Voyons, monsieur Séti, soyez raisonnable. Vous êtes seul et vous n'avez que deux balles… Vous n'oserez pas tirer.

Ragaillardis par l'effronterie de leur chef, les coquins qui l'accompagnaient s'avancèrent aussi, le premier arborant un coutelas, le second, une garcette au poing.

Tout se passa alors très vite.

Je pressai sur la détente de mes deux pistolets à la fois et les compagnons de Klaas s'effondrèrent. L'un, frappé en plein front. L'autre, blessé au ventre.

Klaas poussa un hurlement de rage et bondit sur moi mais, au même instant, une boule de poils noirs, toutes griffes dehors, lui sauta au visage. C'était mon fidèle matou des cuisines, ce brave Anty, venu à mon secours.

Bien entendu, tout ce remue-ménage et, surtout, la double détonation de mes pistolets ne tardèrent pas à attirer dans la cale plusieurs hommes de pont ainsi que le capitaine en personne qui écouta mes explications avant de lancer une série d'ordres brefs.

— Lui, ligotez-le-moi serré. Quant à ces deux-là, je pense qu'ils ont eu leur compte. Balancez-les par-dessus bord… En attendant la suite, que tous ceux qui ne sont pas de quart retournent se coucher. Nous déciderons demain du sort de cette fripouille.

Sur ce, Petrus tourna les talons mais, avant de quitter les lieux, il prit la peine de me féliciter.

— Beau travail, monsieur Séti…

En temps ordinaire, il est probable que Petrus Van der Noot eût condamné le voleur à quelques dizaines de coups de fouet. Toutefois, les circonstances exceptionnelles et le climat de mutinerie qui régnait à bord du *Haarlem* le convainquirent d'infliger au coupable un châtiment aussi inhabituel que dissuasif : celui de la cale humide.

Le lendemain à l'aube, on hissa donc le maître d'équipage, pieds et poings liés, jusqu'au sommet de la grande vergue puis, à trois reprises, on le laissa tomber dans l'océan jusqu'à ce qu'il suffoque. Il en ressortit chaque fois en toussant et en cherchant à retrouver son souffle, au bord de la noyade.

— C'est assez! décréta Petrus à la dernière immersion. Il a de la chance que j'aie encore besoin de lui. Et que ça serve de leçon à quiconque ne respectera pas le septième commandement: «Tu ne voleras point.»

Quarante-huit heures plus tard, coïncidence ou non, des nuages noirs s'accumulèrent à l'horizon. Soudain, un fort vent fit tanguer le navire dont l'étrave se mit à plonger dans les flots en suivant un lent mouvement de balancier.

Le capitaine agita la cloche et hurla à s'en casser la voix:

— Parez à la manœuvre! Hissez les voiles. Le maximum de toile dehors: les cacatois, le grand hunier, la grand-voile, les bonnettes, les voiles d'étai!

Comme une bête à l'effort, le *Haarlem* craqua de toutes ses membrures avant de s'élancer et de fendre la houle au milieu de gerbes d'écume.

Poussées par le noroît, les nuées menaçantes ne tardèrent pas à nous rattraper sous la forme d'un gros grain[13] qui déversa sur nous un déluge de pluie que les marins

---

13. Vent violent de courte durée accompagné de pluies abondantes.

accueillirent avec joie, bouche ouverte pour mieux étancher leur soif.

— Sortez les baquets et les tonneaux vides. Arrimez-les solidement. Il ne faut pas en perdre une goutte! s'écria Petrus, lui aussi tout excité.

La chance, cette fois, semblait vraiment avoir tourné. Sans même toucher au gréement, nous fûmes bientôt en vue de la pointe extrême de l'Afrique[14].

— Terre à bâbord! annonça la vigie du haut du grand mât.

Petrus sortit sa longue-vue de cuivre et confirma:

— C'est bien le cap de Bonne-Espérance!

Fouetté par les embruns et mouillé jusqu'aux os, je manifestai mon inquiétude au sujet de la violence du vent qui augmentait.

Le capitaine, trop affairé, n'entendit même pas ma remarque et continua de beugler ses commandements dans l'espoir de mieux contrôler la course folle du navire.

— Prenez plus de ris dans la misaine et la grand-voile! Fermez les écoutilles! Serrez-moi ces écoutes!

---

14. Le trajet du Cap-Vert au cap de Bonne-Espérance prenait normalement quatre semaines.

Le *Haarlem*, voiles tendues à se fendre, s'enfonçait maintenant dans des montagnes liquides. Il se cabrait, gravissait péniblement de gigantesques vagues jusqu'à leur crête et basculait aussitôt, blanc d'écume, dans le creux de la lame suivante.

La foudre illuminait le ciel de manière sinistre et, entre deux coups de tonnerre formidables, des cris fusaient:

— Capitaine, le panneau de la claire-voie[15] arrière a été arraché! Cinq pieds d'eau dans la cale!

Petrus, cramponné à la roue du gouvernail, parait au plus pressé.

— Il faut délester! Monsieur Séti, jetez par-dessus bord tout ce qui n'est pas absolument nécessaire!

Je l'aidais de mon mieux, prêtant main-forte aux hommes des pompes ou aidant le maître-calfat à aveugler les voies d'eau à grand renfort de planches, d'étoupe et de goudron.

En vérité, face aux éléments déchaînés, seul Klaas, le maître d'équipage, semblait avoir perdu la tête. Complètement paniqué,

---

15. Treillis de bois permettant d'aérer les ponts inférieurs d'un navire.

 43

il courait transmettre les ordres du capitaine, s'accrochait aux câbles et revenait, chaque fois, avec une nouvelle alarmante.

— Un homme à la mer, capitaine ! Qu'est-ce qu'on fait ? Les pompes ne fournissent plus ! Un blessé grave à l'avant. Un filin en se rompant lui a sectionné le bras. Il pisse le sang…

Petrus, agacé, le renvoyait immédiatement d'un geste impatient de la main.

— Agissez de votre mieux, monsieur Klaas. Mon second peut certainement faciliter votre tâche. N'est-ce pas, monsieur Séti ?

Et j'obéissais. Je sauvais ce qui pouvait être sauvé. Avec les moyens du bord, je réparais ce qui était réparable. Je descendais les blessés dans l'entrepont. Je me précipitais dans la batterie de tribord où un canon fou, ayant rompu ses amarres, menaçait de fracasser la coque.

— Où est passé monsieur Klaas ? me demandaient les hommes affolés.

— Je l'ignore.

— Nous avons trop de toile. Nous allons chavirer !

Je les rassurais comme je pouvais :

— Il faut faire confiance au capitaine.

En remontant sur le pont, je tombai justement face à face avec celui que tout le monde cherchait. Il avait une hache à la main. Je l'arrêtai.

— Où allez-vous comme ça?

— Ce ne sont pas vos affaires. Ôtez-vous de mon chemin! me menaça le sinistre personnage.

Je le suivis, mais comme il faisait nuit, je perdis sa trace à travers le rideau de pluie. Puis, à la lumière fugace d'un éclair, je l'aperçus de nouveau. Craignant sans doute que le navire trop chargé de voiles ne soit couché par le vent et incapable de se redresser, il était en train d'abattre le grand mât à coups de cognée.

Je me précipitai vers lui.

— Vous êtes fou!

Il leva son arme et me prévint.

— Fichez le camp! Un pas de plus et c'est votre crâne que je fends en deux!

N'ayant rien pour me défendre, je n'insistai pas et me ruai jusqu'au poste de pilotage où je prévins le capitaine qui, aussitôt, me confia la direction du navire:

— Gardez le cap, plein est, monsieur Séti. Je reviens dans un instant, le temps de m'occuper de ce misérable.

Quand Petrus reprit le gouvernail, je remarquai que les jointures de sa main droite saignaient. Il répondit à ma question avant que je la lui pose.

— J'ai mis cette vermine hors d'état de nuire. Quand ça se calmera, vous aurez une mâchoire brisée à réparer.

III

Sous le pavillon noir

Nous sortîmes de l'ouragan aussi soudainement que celui-ci nous avait assaillis.
Consolation : la prodigieuse puissance des
éléments nous avait permis de doubler à une
vitesse folle la pointe du continent africain
pour nous pousser loin dans l'océan Indien.

Le ciel s'était dégagé et, grâce à une bonne
brise venue des terres australes, nous pûmes
rallier les côtes de Madagascar où nous
jetâmes l'ancre, le temps de remettre le
Haarlem en état, de renouveler l'aiguade[16]
et d'acheter aux indigènes des fruits frais.

Klaas n'était pas réapparu depuis l'incident du mât. Je m'en étonnais et le capitaine

---

16. Provision d'eau douce.

m'avoua avoir noté, lui aussi, que plusieurs hommes avaient manqué à l'appel lorsqu'il avait distribué une double ration de rhum et réuni l'équipage pour remercier la Providence en entonnant un psaume de circonstance :

Dieu est pour nous refuge et force,
Secours dans l'angoisse toujours offert.
Aussi ne craignons-nous rien
Si les montagnes chancellent au cœur
des mers
Lorsque mugissent et bouillonnent
leurs eaux[17].

Ce soir-là, le capitaine m'invita dans sa propre cabine où, jusqu'à une heure avancée de la nuit, nous jouâmes plusieurs parties d'échecs tout en vidant une cruche de tafia. Éméchés et somnolents, nous ne prîmes pas garde aux rumeurs qui nous parvenaient des entrailles du bateau, mêlant chants égrillards, bruits d'échauffourées et fracas d'objets brisés.

C'est donc avec ébahissement que nous vîmes une bande d'une demi-douzaine de matelots armés jusqu'aux dents faire irruption dans la pièce. À leur tête, la mâchoire serrée dans un foulard et un œil affreusement tuméfié, se trouvait Klaas, un sabre d'abordage

---

17. D'après le psaume 46.

au poing et une paire de pistolets à pierre enfilés dans sa ceinture.

— Le navire est à nous, messieurs ! aboya le maître d'équipage. Inutile de résister ! Vous êtes nos prisonniers !

Petrus se leva en chancelant et, blanc de colère, pointa son doigt vers le traître.

— Tu n'as pas eu ta leçon, chien galeux ! Tu sais comment on traite les mutins : pendus au bout d'une vergue et, vous autres…

Klaas empêcha Petrus de terminer sa phrase. Il tira un de ses pistolets et, sans hésiter une seconde, le déchargea sur le capitaine qui s'écroula, blessé à la poitrine.

Je voulus me porter à son secours.

Klaas sortit son autre pistolet et me le braqua sur la tempe.

— Toi, tu ne bouges pas ou je te brûle la cervelle.

Il me pèse de raconter ce qui s'ensuivit. En quelques minutes, le mobilier de la cabine fut renversé. Le coffre du capitaine, vidé de tout ce qu'il contenait de précieux. Puis ce fut le tour de mes propres quartiers dans lesquels, à leur grande déception, les insurgés ne trouvèrent pas grand-chose car, plusieurs jours auparavant, j'avais pris la précaution de bien cacher mon journal ainsi que le précieux livre de Thot.

Mais le pire était à venir.

Klaas, coiffé du chapeau à plume du capitaine et vêtu de son justaucorps taché de sang, fit défiler devant lui, un à un, tous les membres de l'équipage. À chacun il posa cette simple question :

— Es-tu avec nous, ou contre nous ?

Terrorisés, la plupart acquiesçaient et signaient la charte[18] que le nouveau maître à bord leur tendait.

— Tu te piques le bout du doigt avec cette alène et tu écris ton nom. Si tu ne sais pas écrire, tu traces une croix. Maintenant, te voilà un *vrybuiter*[19], un coureur de franc butin.

Les rares qui refusèrent leur âme au diable furent culbutés par-dessus bord, boulet au

---

18. Chez les pirates, ce document fixait les règles de partage du butin, les indemnités pour blessures dues au combat, les châtiments prévus en cas de faute ou de désobéissance.

19. Ce mot hollandais, une fois déformé, donna le terme «flibustier».

pied. Les premiers à être exécutés de cette manière coulèrent à pic mais, à la troisième victime, une grande tache rouge apparut sur la mer. Les flots se mirent aussitôt à bouillonner jusqu'à ce qu'en émergent des ailerons. C'étaient des requins qui, rendus fous par l'odeur du sang, se disputaient à coups de dents les restes du malheureux.

Ligoté au mât de misaine avec Petrus, je tremblais à l'idée du sort particulier que ce monstre de Klaas nous réservait.

Il y avait, sur le gaillard d'avant, un canon de petit calibre.

On détacha le capitaine pour le pousser brutalement jusqu'à lui.

Le maître d'équipage s'informa auprès du canonnier :

— Il est chargé ?

— Oui, monsieur, un boulet de huit livres.

— Bien, approuva notre tortionnaire, enchaînez Petrus à la gueule.

Je devinai alors avec horreur ce qui allait se passer.

— Prêt ?

— Oui, prêt ! Mèche allumée, confirma le chef de pièce.

— Feu !

Il y eut un jet de flammes et je n'ose décrire ce qu'il advint du pauvre capitaine dont la moitié du corps fut emportée dans un grand éclaboussement de sang.

J'étais tellement épouvanté que, lorsqu'on m'empoigna pour me faire subir le même sort, je ne songeai même pas à me débattre.

Un miaulement plaintif me fit détourner la tête. C'était Anty qui assistait à la scène, juché sur le mât de beaupré. Je ne saurais dire pourquoi, mais cette longue plainte me rassura. Après tout, ce n'était pas la première fois que je voyais la mort en face. La grande déesse Bastet, je l'espérais, allait encore une fois intervenir *in extremis* pour me sauver. Le livre sacré ne pouvait tomber entre les mains impies de ces pirates. Les dieux ne le permet-traient pas.

Et le miracle se produisit.

Au moment où l'artilleur s'apprêtait à allumer la mèche de la bouche à feu à laquelle j'étais attaché, Klaas se ravisa.

— Non, attends, on va avoir besoin de lui si on veut gagner l'île Sainte-Marguerite[20],

---

20. Célèbre repaire de pirates au large des côtes septen-trionales de Madagascar.

il nous faut quelqu'un qui sache manier les instruments et nous indiquer le cap à suivre.

Puis, il s'adressa à moi.

— Vous avez saisi, monsieur Séti? Vous faites ce que je vous dis ou je vous expédie en enfer.

D'un mouvement du menton, je lui fis comprendre que j'étais d'accord. Il vint placer sa trogne repoussante sous mon nez et me regarda droit dans les yeux.

— Prenez garde, je ne vous aime pas davantage que ce foutu capitaine et n'oubliez pas que je suis le nouveau maître à bord! Je vous aurai à l'œil.

Et c'est ainsi que je devins malgré moi le navigateur du vaisseau pirate rebaptisé le *Valk van de zeeën*, le *Faucon des mers*.

À la demande de Klaas, je mis le cap vers le nord-ouest et, une semaine plus tard, nous entrâmes dans la rade de Sainte-Marguerite en arborant le pavillon noir à tête de mort. Notre arrivée fut saluée par les canons qui défendaient ce repaire de forbans.

Klaas, évidemment, décida que seuls quelques hommes de confiance l'accompagneraient à terre. J'ignore donc ce que ce démon trama dans les bouges du port. Sans doute fraternisa-t-il avec les pirates anglais et français, familiers des lieux. Probable qu'entre deux beuveries, il se renseigna sur les meilleurs terrains de chasse offrant des proies faciles à piller. C'est certainement là, aussi, qu'il recruta une poignée de francs coquins de son espèce pour compléter notre équipage.

À son retour à bord, il m'ordonna de mettre voile en direction du golfe d'Aden et de la mer Rouge, voies de passage obligées des navires mauresques[21] chargés d'or, de soie, d'épices et transportant de riches pèlerins en route vers La Mecque.

Encore une fois, ce fut Klaas lui-même qui montra sur la carte l'endroit précis où le *Faucon des mers* devait fondre sur sa première victime : le détroit de Bab-el-Mandeb.

Nous croisâmes au moins dix jours à l'entrée de cet étroit goulot où la péninsule arabique touche presque la côte africaine.

Dix jours à scruter l'horizon de l'aube au crépuscule avant que ne retentisse du haut du nid-de-pie le cri fatidique :

---

21. À l'époque, nom générique donné à tout vaisseau non chrétien.

— Voile, droit devant !

Sous la menace de ses pistolets, l'infâme Klaas m'intima l'ordre de rattraper un navire qui, bientôt, fut à portée de canon[22].

C'était une galéasse faiblement armée qui, au lieu d'amener son pavillon et de mettre en panne au coup de semonce que nous lui envoyâmes, chercha à nous échapper à force d'avirons et en hissant tout ce qu'elle avait de voiles.

Klaas était vert de rage.

Il sonna le branle-bas de combat et distribua toutes les armes qu'il avait stockées dans le poste d'équipage : haches d'abordage, sabres, piques, pistolets, mousquets. Des caisses de cartouches et des barils de grenades furent montés sur le pont. Du sable fut répandu sur les planches pour éviter de glisser dans le sang. Les meilleurs tireurs grimpèrent dans les hunes. Enfin, dans la batterie, les canonniers ouvrirent les sabords et chargèrent leurs bouches à feu.

Tout se mettait en place sans que je n'intervienne, Klaas se chargeant de vociférer ses ordres du haut de la dunette.

---

22. C'est-à-dire une distance d'à peu près deux cents mètres.

— Tous à vos postes de combat! Chargez les pièces à mitraille jusqu'à la gueule! Tenez-vous prêts et pas de quartiers!

Le combat fut bref, mais d'une violence extrême. La galéasse ouvrit le feu la première. Malheureusement pour elle, son tir trop court ne souleva que d'inoffensives gerbes d'écume à cinquante pieds de notre étrave. Au milieu d'une série d'éclairs, le *Faucon* lâcha à son tour une bordée qui eut des effets autrement plus dévastateurs: voilures déchirées, mâts décapités et, surtout, coup fatal: une large brèche qui s'ouvrit dans la coque du vaisseau attaqué, juste au-dessous de la ligne de flottaison.

Nous étions alors presque bord à bord. Quand nos pièces crachèrent un second déluge de flammes, tout notre navire fut enveloppé dans un nuage de fumée âcre tandis que l'embarcation ennemie commença à flamber et à prendre du gîte.

Roulements de tambour, appels de clairon. Prêts à l'abordage, les hommes de Klaas poussèrent alors des cris sauvages. Des grappins furent lancés. Des coups de fusil éclatèrent de tous les côtés. Puis, d'un seul élan, des grappes humaines s'abattirent sur le vaisseau mauresque dont les défenses furent renversées. Il y eut bien quelques combats isolés au corps à corps, mais les marins enturbannés, armés de cimeterres, n'étaient pas de taille et succombèrent un à un. Celui-ci, transpercé d'un coup de sabre. Celui-là, arquebusé à bout portant. Cet autre, blessé à mort par les éclats de bois qui volaient de toutes parts sous les impacts de la mitraille.

Vêtu d'une tunique brodée et d'un pantalon bouffant, le dernier à se rendre, le capitaine maure sans doute, ferrailla un long moment avec Klaas avant d'être fauché par un boulet.

Le combat cessa enfin, laissant place aux gémissements des mourants et aux clameurs bestiales des vainqueurs qui, leurs armes brandies, parcouraient le pont du navire capturé jonché de cadavres, de drisses et d'éclats d'espars.

Le butin fut à la hauteur des attentes de ces brutes sanguinaires. Des rouleaux de soieries, des sacs remplis de poivre, du bois de santal, de l'indigo, des défenses d'éléphant, des coffrets remplis de perles et de joyaux et, surtout, une barrique entière pleine de pièces d'or à l'effigie d'un monarque inconnu.

Par contre, comme je l'espérais secrètement, le partage de ces richesses suscita vite le désaccord, et il aurait tourné carrément à la bagarre générale si Klaas n'avait ramené la bonne humeur en envoyant chercher dans les cales de notre propre navire un cochon vivant et quelques-uns des tonneaux de rhum qu'il avait embarqués à Sainte-Marguerite.

— Nous finirons de nous séparer tout ça demain, lança-t-il, d'un air faussement enjoué. Le temps est à la réjouissance, pas à la chicane. Nous sommes riches! Tous frères! Buvons à notre bonne fortune et à nos prises futures!

Après un moment d'hésitation, des vivats accueillirent cette proposition et, oubliant leurs querelles, les hommes du *Valk van de zeeën* commencèrent à boire et à ripailler. Certains se tenaient par les épaules et dansaient, une tasse de rhum à la main. Un autre se coiffa d'un turban et enfila une des robes trouvées à bord de la galéasse pour amuser ses comparses qui riaient à gorge déployée.

Naturellement, je ne fus pas invité à ces réjouissances et, pour plus de sécurité, Klaas m'enferma à double tour dans ma cabine. Je ne pus donc être le témoin direct des débordements et des crimes qui furent commis au cours de cette nuit d'orgie. Que devinrent les marins survivants et les passagers du vaisseau mauresque ? À entendre leurs hurlements et leurs supplications, je n'ose l'imaginer.

Toujours est-il qu'une certitude s'imposa à moi. Je ne pouvais en aucun cas me rendre complice d'un autre massacre de cette espèce.

D'après mes cartes, les côtes du Yémen n'étaient qu'à deux ou trois milles marins. Je planifiai donc de forcer ma porte et de me glisser dans une chaloupe avec Anty pour m'évader dès que Klaas et ses comparses seraient ivres morts.

Vers trois heures du matin, je mis mon plan à exécution. Quand le charivari de la fête céda la place aux ronflements des dormeurs, je fis sauter les charnières de ma porte et, suivi par mon chat, je gagnai sans bruit la soute à munitions dans laquelle s'entassait notre réserve de poudre à canon. Je défonçai à coups de hache le couvercle d'un des barils et y enfonçai une mèche assez longue pour me permettre de décamper avant l'explosion. Je battis mon briquet. Une étincelle jaillit et le cordon d'étoupe s'enflamma…

Il ne fallait pas traîner. Cinq minutes au plus. Juste le temps de transporter mon coffre personnel, mes papiers, le livre de Thot, une cruche d'eau et une paire de pistolets dans un des canots de sauvetage. J'actionnai ensuite les poulies pour descendre sans bruit l'embarcation. Le tour était joué.

Au lieu de me suivre, Anty était resté en arrière, assis sur le bastingage.

— Allez! Viens! Qu'est-ce que tu attends? lui murmurai-je.

Le chat miaula comme s'il voulait me dire quelque chose.

— Alors, tu te décides? Presse-toi!

Anty eut alors une réaction inattendue. Il se mit à courir sur la rambarde et, d'un bond, sauta sur la galéasse que nous avions attaquée, véritable épave fumante.

Je pris les rames et, en quelques coups vigoureux, je m'approchai à mon tour des restes à demi calcinés du vaisseau sur le point de couler.

Tout à coup, j'entendis des pleurs étouffés et, à la clarté de la lune, je crus apercevoir une silhouette humaine agrippée à un morceau de bois flottant. Une femme… Sans doute une rescapée du massacre.

Je me penchai afin de saisir la malheu-reuse à bras-le-corps et de la hisser dans ma chaloupe. Sans un mot pour me remercier, elle se recroquevilla au fond de l'embarcation.

D'un bond, Anty nous rejoignit.

— C'est pas trop tôt, bougre d'animal! Ça va sauter d'un instant à l'autre.

Je repris les avirons et souquai de toutes mes forces afin de m'éloigner au plus vite.

À peine une minute plus tard, une gigantesque explosion illumina la nuit, projetant des débris enflammés si loin que certains faillirent m'atteindre.

Toujours lovée au fond du canot, la mystérieuse inconnue qu'Anty m'avait forcé à sauver poussa un long gémissement et balbutia quelques mots dans une langue qui m'était familière. Du turc ou du persan.

Me fiant à la boussole que j'avais emportée, je ramai vers le nord et, au bout de trois ou quatre heures, en dépit de courants contraires, je distinguai les lueurs d'un rivage habité.

Je ressentis un frottement suivi d'un léger choc. Ma barque venait de s'échouer sur une plage.

J'étais fourbu. Je trouvai cependant assez d'énergie pour tirer la chaloupe sur le sable.

Épuisé, je m'allongeai sous les étoiles et m'assoupis aussitôt en compagnie d'Anty.

À mon réveil, il faisait jour. Une surprise m'attendait. La femme que j'avais tirée des eaux était debout devant moi et me tenait en joue avec un de mes propres pistolets.

Elle était partiellement voilée et je ne distinguais que ses yeux magnifiques. Des yeux verts cernés de khôl et ombrés de longs cils noirs. Des yeux dignes d'une princesse égyptienne.

— Ne bougez pas! ordonna-t-elle. Sale pirate! Mon père vous fera écraser la tête sous la patte de son éléphant favori!

Comme je parlais assez bien sa langue, je parvins à lui expliquer que je n'étais pas un brigand des mers et, qu'en fait, j'avais été fait prisonnier par ces canailles qui m'avaient contraint à piloter leur navire.

Elle releva le chien de mon arme…

Anty eut alors la bonne idée de se frotter aux jambes de la belle étrangère qui ne put s'empêcher de se pencher pour le caresser.

— Il est à vous, ce chat?

— Oui.

Elle abaissa le canon du pistolet.

— Vous n'avez pas la peau claire d'un chrétien. D'où venez-vous?

— Je suis Égyptien.

— C'est vous qui m'avez porté secours la nuit dernière?

— Oui.

— Pardonnez-moi, je suis bien ingrate.

Elle me conta alors comment, au plus fort du combat, elle avait réussi à se cacher et comment, après la mise à sac de son bateau, elle avait miraculeusement échappé aux flammes en se jetant à l'eau et en s'accrochant à une pièce de bois.

À l'écouter parler et à voir sa bague de pouce, les parures d'or de ses chevilles et le diamant qui ornait son voile à la hauteur de son front, je compris qu'elle appartenait à la noblesse de son pays.

Elle devina sans doute mes pensées et se contenta de me dire :

— Je m'appelle Jahanara, si c'est ce que vous voulez savoir…

IV

La bégum

Qui était en réalité Jahanara, ma mystérieuse naufragée ? Dans les semaines qui
suivirent, j'eus maintes fois l'occasion de me
poser cette question.

Pour alimenter mon incertitude et mon
étonnement, il y eut d'abord l'attitude des
pêcheurs qui nous trouvèrent sur le rivage
au matin. Dès que Jahanara leur eut adressé
quelques mots dans leur langue, ils se
prosternèrent devant elle et s'empressèrent de
nous apporter tout ce dont nous avions besoin:
fruits, boissons fraîches, vêtements secs.

Puis, encore plus obséquieux et plus
attentif à combler nos moindres désirs, ce fut
au tour du gouverneur turc[23] d'accourir pour

---

23. Jusqu'en 1630, le Yémen était sous domination
ottomane.

nous offrir sa maison en attendant le retour du messager qu'il avait dépêché à Moka.

Bref, je ne fus qu'à moitié surpris quand la réponse du gouverneur arriva et quand Jahanara vint m'annoncer que le cheik local, Ibrahim Pacha, avait mis à notre disposition un boutre rapide et une armée de serviteurs pour nous permettre de traverser la mer d'Oman et de gagner un port indien d'où une caravane solidement escortée nous conduirait à destination.

Visiblement habituée à être servie, Jahanara tint pour acquis que j'acceptais de l'accompagner. Je ne m'en formalisai point, car l'idée de la quitter ne m'avait même pas effleuré l'esprit. En effet, malgré les voiles légers qui dissimulaient son corps et son visage, j'étais déjà entièrement sous son charme.

À bord du voilier qui nous emportait vers je ne sais quelle contrée plus au nord, je tentai bien de m'informer sur la véritable identité de la belle Jahanara. Je ne reçus que regards fuyants et réponses évasives. Visiblement, ces gens n'aimaient guère les étrangers. Je me décidai donc de parler directement à l'inté-ressée. Je la trouvai, assise au milieu de coussins et entourée de suivantes qui coiffaient ses longs cheveux et lui manucuraient mains et pieds. Elle parut choquée de mon audace et m'arrêta d'un geste pendant que deux esclaves de sa garde me forcèrent à rebrousser chemin.

Évidemment, une telle attitude me désappointa jusqu'à ce qu'une des domestiques s'approche de moi en catimini et me glisse à l'oreille :

— Ma maîtresse s'excuse, mais selon la tradition et notre religion, nul n'a droit de parler d'elle, et hors de la présence de son père ou d'un de ses frères, elle ne peut parler à personne en public. Surtout pas à un inconnu.

Je devais me rendre à l'évidence : la dame que j'avais sauvée et qui occupait désormais toutes mes pensées était une princesse de haut rang.

Dès que nous touchâmes les côtes de la Perse, j'en eus la confirmation éclatante en découvrant la caravane qui nous attendait aux portes de Kerman. Rien de moins que trente chameaux pour nous-mêmes et presque autant de mules chargées de jarres d'eau, de provisions et de tout ce qu'il fallait pour monter chaque soir une véritable ville de toile afin d'abriter les serviteurs, les esclaves et les cent cavaliers ouzbeks et tartares, armés de lances et de fusils à mèches, responsables de notre protection.

Or, lorsque cet interminable cortège se mit en branle, à mon grand désespoir, installé sur un chameau fermant la marche, je compris qu'il me serait plus difficile que jamais d'entrer en contact avec Jahanara. Celle-ci, en effet, était enfermée dans un somptueux palanquin et semblait au centre des préoccupations de tous les membres du convoi, telle une déesse vivante qu'il fallait absolument dérober à la vue des simples mortels.

Jahanara m'avait-elle oublié pour autant? J'étais persuadé que non. Assurément, elle devait éprouver des sentiments particuliers à mon égard. Sinon, comment expliquer les marques de respect que me manifestaient également les caravaniers, tout comme leur empressement à satisfaire le moindre de mes désirs? J'avais soif: on se précipitait pour m'apporter une outre de lait de chèvre ou de vin de Chiraz. Je me plaignais de l'inconfort de ma monture: on m'offrait un fougueux pur-sang arabe grâce auquel enfin je pouvais acquérir une complète liberté de mouvement.

Je pris alors l'habitude de remonter régulièrement la longue colonne de la caravane jusqu'à l'animal qui transportait Jahanara, espérant chaque fois apercevoir la princesse. Vaines tentatives. J'avais beau chevaucher des heures aux côtés de son imposant équipage, elle demeurait désespérément invisible.

Que pouvait-elle faire derrière ces murs d'étoffe ornés de rubans, de petits miroirs et de clochettes qui se balançaient au rythme lent du chameau de bât? Somnolait-elle, harassée par la chaleur écrasante, ou bien me regardait-elle à la dérobée à travers les petites ouvertures grillagées aménagées dans sa maisonnette de toile rayée bleu et argent?

Au bout d'une semaine, j'eus de bonnes raisons de croire que ma mystérieuse princesse avait bel et bien remarqué mon manège car, chaque fois que je chevauchais à sa hauteur, les tentures du palanquin s'écartaient discrètement. L'espace d'une seconde, je crus même une fois entrevoir sa main aux doigts fins chargés de bagues. Une main indolente qui, avec une délicatesse exquise, me salua.

De caravansérails en campements de fortune, nous traversâmes d'abord le Bélouchistan, vaste région aride dominée par des restes de volcans éteints, pour atteindre ensuite une plaine quadrillée de rizières et baignée par un grand fleuve[24] au-delà duquel nous dûmes affronter de nouveau un désert brûlant balayé par des vents violents. Plus loin encore, nous entrâmes dans un pays où s'étendaient à perte de vue des champs dont la terre rouge craquelée par la sécheresse se transformait au moindre souffle en une fine poussière qui s'insinuait partout.

Habitué aux tempêtes de sable, je ne souffrais pas trop de ce désagrément, contrairement aux responsables de notre convoi qui se désolaient à l'idée que la princesse Jahanara puisse être incommodée par ces nuages suffocants. Il fallait les voir chevaucher de part et d'autre du palanquin de la belle en agitant leurs chasse-mouches de crin de cheval et leurs éventails de plumes de paon. Ceci sans oublier ces esclaves qui, armés de seaux remplis d'eau de rose, se précipitaient pour arroser la route que nous suivions afin que les narines de la noble personne confiée à leurs soins ne soient pas trop irritées.

Enfin, au terme d'un voyage de plus de deux mois, notre caravane s'arrêta en vue d'une grande cité ceinturée de puissantes murailles, dominées par d'innombrables

---

24. L'Indus.

minarets. Tournant sur ses gonds, la gigantesque porte de la ville s'ouvrit en grinçant.
Alors, dans un tintamarre de trompettes et
de tambourins, au milieu d'étendards ornés
de lions et de soleils, s'avança vers nous un
magnifique éléphant blanc richement
harnaché qui transportait deux hommes dans
sa nacelle.

Le plus vieux, dès qu'il nous aperçut, agita
la main en proie à une vive émotion. Sur
l'ordre de son cornac, le pachyderme sur
lequel voyageaient ces deux personnages
s'accroupit sans se presser et l'homme âgé
se fit aider par son compagnon pour descendre.

Aussitôt, la musique cessa et les soldats
s'écartèrent respectueusement pour laisser
passer l'aîné des nouveaux venus qui accourut
vers nous à petits pas pressés. Jamais je n'avais
vu un dignitaire portant un costume d'un tel
raffinement. Turban couvert de joyaux et
piqué d'une aigrette sertie d'émeraudes, châle
de cachemire sur les épaules, longue tunique
de soie à passementeries d'or, pantalon
bouffant et bottines de cuir d'antilope, elles
aussi ornées de pierreries. Nul doute qu'il
s'agissait d'un souverain fabuleusement riche.

À son tour, le chameau de Jahanara se
détacha de la caravane et plia les genoux en

blatérant bruyamment. Les tentures du palanquin s'écartèrent. L'homme au magnifique
costume se posta en dessous, bras tendus, et
ma belle inconnue se laissa glisser le plus
naturellement du monde jusqu'à lui. Des
acclamations fusèrent de partout et, encore
une fois, je me demandais à quoi rimait un
tel déploiement et qui pouvaient être en réalité
les acteurs de cette scène.

Le mystère n'allait pas tarder à s'éclaircir
lorsque l'homme mûr qui parlait à Jahanara
en la couvrant de baisers me fit signe
d'approcher.

Tout de suite, un officier coiffé d'un casque
vermeil à panache de plumes d'autruche vint
à ma rencontre.

— Dépêchez-vous, bafouilla-t-il en m'invitant avec force courbettes à quitter mon
cheval. Vite, vite, Son Altesse veut vous
remercier pour avoir sauvé sa fille bien-aimée.
Ne le faites pas attendre ! C'est un très grand
honneur qu'il vous fait !

Je m'exécutai de bonne grâce mais le
militaire, jugeant sans doute que mon inexpé-
rience risquait de créer un incident proto-
colaire, crut bon de me bombarder de conseils.

— Ne le regardez pas dans les yeux.
Inclinez-vous trois fois en portant la main

droite à votre front. Surtout, ne parlez pas sans qu'il ne vous y autorise.

J'eus un mouvement d'impatience.

— Mais qui est donc cet homme?

— Voyons! s'exclama l'officier, ne me dites pas que vous l'ignorez!

— Si.

— C'est Abul Muzaffar Shiabuddin, Mohamed Sahib Qiram Dani Shāh Jahān Pacha Gazi, Sa Majesté Shāh-in-shāh, le Grand Moghol en personne, cinquième empereur de l'Hindoustan, roi de l'univers et noble descendant de Timūr, de Bābur le Léopard et d'Akbar le Grand.

— Et Jahanara est sa fille?

— Oui, la bégum Shaheba est la fille aînée de Shāh Jahān. Sa préférée et notre princesse vénérée qui, plus que toute autre, est digne de son nom. Jahanara est bien «la parure du monde entier».

Nous n'étions plus qu'à quelques pas de l'empereur. Je me permis une dernière question avant de me séparer de l'officier. Je lui désignai le jeune homme à la mine sévère et tout de blanc vêtu qui se tenait aux côtés du shah et semblait indifférent à tout ce qui se passait.

— Et lui, qui est-ce?

L'officier prit une grande inspiration en levant les bras au ciel. Puis d'un seul souffle il lança :

— Allah nous protège ! C'est le troisième fils du padshah[25], le prince Aurangzeb.

— Pourquoi soupirez-vous en prononçant son nom ?

— Parce qu'il n'aime personne. Il n'écoute que les oulémas[26] qui l'entourent. Un fanatique. S'il n'en tenait qu'à cet homme, la musique et le vin seraient interdits. Selon lui, tout ce qui est écrit dans le Coran doit être pris à la lettre. Tenez, il a même demandé à son père de fixer la longueur des barbes à quatre doigts sous le menton ! Malheur à qui encourt sa colère ! Heureusement que l'empereur a eu la sagesse de l'écarter de la succession au trône !

L'officier avait raison. Le contraste entre le fils et le père était frappant. Autant le premier m'aborda avec froideur et dédain, autant le second me témoigna chaleureusement sa reconnaissance en me donnant l'accolade et en me priant de lui conter en

25. L'empereur.
26. Théologien musulman, docteur de la foi islamique.

détail comment j'avais réussi à arracher sa fille adorée des griffes des pirates.

Quinquagénaire aux yeux en amande, aux pommettes hautes, aux lèvres fines et à la barbe grisonnante, Shān Jahān dégageait une noblesse naturelle que sa simplicité rendait encore plus attachante, et ce, malgré un visage marqué par les cicatrices de la petite vérole.

— Comment exprimer mon éternelle gratitude ? s'émut-il en pleurant de joie. Jahanara est mon rayon de bonheur, mon petit paon, mon rossignol, le rêve de ma vie. S'il lui était arrivé malheur, sa mère et moi serions morts de chagrin.

Il était intarissable.

Toujours voilée, Jahanara, elle, ne disait rien. Cependant, elle ne me quittait pas du regard et son frère s'en rendit compte.

Il grimaça et sa main se crispa sur la poignée de son cimeterre.

L'empereur, qui n'avait pas remarqué l'attitude hostile du prince Aurangzeb, continua de me louanger. Je devais absolument m'installer dans son palais d'Agra. Je serais récompensé à la hauteur de mes mérites. J'aurais droit à une cavalerie personnelle de cinq cents chevaux[27], ou mieux, à un jagir[28] qui me rapporterait dans les cinq cent mille roupies par an.

Subitement, il s'interrompit comme si une idée lumineuse venait de lui traverser l'esprit.

— Aimez-vous les diamants ?

Sans trop réfléchir, je lui répondis par l'affirmative.

Il parut ravi.

— Les diamants sont les larmes des dieux. Ceux qu'on extrait des mines de Golconde sont les plus beaux. Tenez, celui-là me vient de mon arrière-grand-père !

Ce disant, il ôta de son turban la plus grosse pierre qui l'ornait. Une gemme brillant de ses mille feux de la taille d'un œuf de poule.

Je lui objectai que je ne pouvais accepter un objet d'une telle valeur. Surtout s'il s'agissait d'un souvenir de famille.

L'empereur insista, faisant fi de la réaction de son fils qui s'écria, pâle de colère :

27. La noblesse moghole se mesurait au nombre de cavaliers et de chevaux accordés par l'empereur qui, de plus, payait pour l'entretien de cette petite armée.
28. Un fief, une terre donnée en récompense.

— Mon père, avec tout le respect que je vous dois, vous n'y pensez pas! C'est le diamant de Babar[29]! Vous ne pouvez l'offrir à cet étranger.

Shān Jahān eut une grimace d'agacement et il tança vertement son fils.

— Tais-toi! Pas un mot de plus! Sache que, dans mon royaume, tout m'appartient et que j'en dispose à mon gré. Si la fantaisie me prenait d'offrir à cet homme ta propre tête sur un plateau d'argent, tu n'aurais qu'à te plier à ma volonté, à t'agenouiller et à tendre la nuque.

Aurangzeb s'inclina, la main droite sur le cœur. Toutefois, en se redressant, il me décocha un regard si noir que je sus tout de suite que je m'en étais fait, bien malgré moi, un ennemi mortel.

---

29. Diamant mythique de 787 carats appelé aussi diamant du Grand Moghol. Découvert en 1630, il fut offert au shah Humayun qui le donna à son fils Babar. Pendant longtemps, on le dit perdu ou détruit, jusqu'à ce qu'il réapparaisse retaillé sous le nom de diamant Orloff ou Ko-i-Nor (montagne de lumière), pierre de 106 carats qui, après avoir appartenu un temps au shah de Perse et à la tsarine Catherine II de Russie, fut acquise par les Britanniques qui en ornèrent la couronne d'Angleterre.

En revanche, l'empereur semblait plutôt satisfait d'avoir humilié publiquement son fils. Bref, ne voulant pas accroître davantage la tension entre les deux hommes, je me résignai à accepter le fabuleux diamant tout en me sentant l'obligation de répondre de mon côté à tant de générosité par un geste de gratitude.

— Votre Majesté à son tour voudrait-elle accepter de ma part quelque chose qui lui ferait plaisir ?

Shāh Jahān se tourna vers Jahanara qui lui murmura quelques mots à l'oreille.

— Non, vous m'avez déjà fait le plus précieux des cadeaux… Néanmoins, ma fille serait heureuse que vous lui fassiez présent de quelqu'un de votre entourage à qui elle doit également la vie…

Comme je paraissais ne pas comprendre cette requête, l'empereur ajouta en riant :

— Elle aimerait que vous lui donniez votre chat. Elle a fait une partie du voyage en sa compagnie et s'est prise d'affection pour lui.

— Bien volontiers, Majesté !

V

Intrigues au fort Rouge

La résidence impériale du fort Rouge d'Agra ne ressemblait à aucun palais que j'avais pu visiter au cours de ma très longue existence. Enceinte par de hautes murailles de briques rouges, elle était protégée par deux douves infranchissables. La première, remplie d'eau et grouillante de crocodiles. La seconde, envahie par une jungle inextricable au sein de laquelle rôdaient des tigres affamés. À l'intérieur des murs, une fois franchi le portail monumental hérissé de piques destinées à repousser d'éventuelles charges d'éléphants, la vue était encore plus impressionnante avec ses pavillons de grès rouge et de marbre blanc, ses hammams[30], ses mosquées aux élégantes

---

30. Établissements de bains.

coupoles à bulbes et ses salles d'audience soutenues par des forêts de colonnes finement sculptées.

Toutefois, ni la finesse des décors floraux, ni les plafonds à caissons des iwans[31], ni la splendeur des jardins avec leurs canaux bordés de rosiers et leurs bassins où se reflétaient les bougainvilliers et les tamariniers en fleurs ne pouvaient dissiper une fâcheuse impression qui me poursuivait. L'impression d'avoir pénétré dans une immense prison dorée dont j'aurais les plus grandes difficultés à m'échapper.

En attendant, je n'avais guère de raison de me plaindre. Le shah, en effet, dès mon arrivée à la cour, continua de me combler de ses bienfaits en me logeant dans une demeure digne d'un roi. Un palais entièrement meublé de tapis précieux et de divans profonds dans lequel je vivais entouré de jolies servantes qui, dès que je m'asseyais, accouraient pour me laver les pieds ou me présenter des plateaux chargés de cerises, de beignets et de fruits glacés.

---

31. Porche monumental très profond ou salle voûtée servant d'entrée, caractéristique de l'architecture persane.

Cela ne m'empêchait pas de m'ennuyer à mourir. Surtout de Jahanara, que je n'avais pas revue depuis des semaines. Où était-elle? Pourquoi ne me donnait-elle aucun signe de vie?

Alors que je me livrais à ce genre de réflexions mélancoliques, un des gardes à mon service m'annonça avec une lueur d'effroi dans les yeux que quelqu'un voulait me voir.

Je n'eus pas le temps de m'informer davantage que déjà mon visiteur forçait ma porte avec fracas en écartant rudement mes domestiques.

C'était le prince Aurangzeb qui, sans même me saluer, me débita son message.

— Sa Majesté m'envoie vous chercher. Elle fête aujourd'hui son anniversaire et désire que vous soyez à ses côtés.

Je le remerciai de s'être dérangé pour me communiquer cette invitation et en profitai imprudemment pour essayer de lui soutirer des nouvelles de Jahanara.

— La princesse sera-t-elle également présente?

Le visage du prince s'empourpra.

— Ni ma sœur, ni ma mère, ni aucune autre épouse royale ne paraissent en public.

Les femmes ne quittent jamais le zénana[32] et seuls l'empereur et les princes de sang y ont accès.

Comme je ne voulais pas provoquer inutilement la colère de l'irascible fils de Shāh Jahān, je me confondis sur-le-champ en excuses en lui rappelant que j'étais étranger et que, par conséquent, il fallait me pardonner mon ignorance des us et coutumes de la cour.

Il se calma, mais ne put s'empêcher d'ajouter avec un sourire mauvais :

— Vous feriez bien de vous en souvenir, car le dernier homme ayant osé franchir le pardah[33] pour rejoindre en cachette une des concubines de l'empereur a été castré par les eunuques, gardiens du harem, qui ont ensuite jeté ses testicules aux chiens. Quant aux princesses royales, sachez que la loi leur interdit de se marier et punit de mort celle qui oserait prendre un amant.

Il observa ma réaction. Je me gardai bien de broncher. Il en fut visiblement désappointé.

— Dépêchez-vous ! L'empereur n'attend pas. C'est l'heure du jaroka[34].

---

32. Harem.
33. Clôture du harem.
34. Cérémonie quotidienne au cours de laquelle l'empereur devait se présenter au peuple.

Le rituel de l'apparition publique, ce fameux jaroka, commençait la journée de Shāh Jahān et se déroulait sur un balcon dominant les murailles du fort Rouge. Lorsqu'il me vit, l'empereur insista pour que je me tienne à sa droite, ce qui eut l'air d'irriter une fois de plus le prince Aurangzeb qui dut me céder sa place.

En contrebas des fortifications, une foule considérable s'était rassemblée. Dès l'apparition de l'empereur, saluée par une salve de sept coups de canon, cette multitude se prosterna dans la poussière. C'était une foule bigarrée, venue des quatre coins de l'empire où se mêlaient, dans une même adoration pour leur souverain, musulmans, jaïns[35] presque nus à l'exception de leur pagne, sikhs portant de lourds chignons et des barbes fournies, rajpoutes[36] en tunique safran, la tête coiffée de leur volumineux pagari[37].

Le shah, resplendissant dans sa tunique de brocart à boutons de diamant, invita ses

---

35. Membre d'une religion hindoue prônant le dépouillement et la non-violence à l'égard de tout ce qui vit.
36. Clan indien réputé pour ses aptitudes guerrières.
37. Turban dont la longueur, une fois qu'il est déroulé, peut atteindre vingt-cinq mètres.

sujets à se relever et, lui-même, se livra à une sorte de pantomime en faisant de grands gestes et en riant de bon cœur. Je ne comprenais pas trop à quoi rimait ce jeu et ce n'est que plus tard que j'appris la vérité. Chaque matin, le souverain devait se montrer ainsi à ses sujets uniquement pour prouver qu'il était vivant et en bonne santé. C'était aussi à cette occasion qu'il entendait librement les requêtes les plus diverses. Il suffisait au solliciteur d'empoigner et d'agiter la corde munie de sonnettes qui pendait au balcon royal pour avoir la chance de s'adresser à l'empereur.

Le reste de la journée s'écoula de la même manière, en une interminable succession d'audiences qui nous menèrent d'une salle du palais à une autre. Puis, en milieu d'après-midi, se tint une nouvelle cérémonie réservée, cette fois, aux nobles et aux hauts fonctionnaires, vizirs, rajahs, émirs et généraux. Ceux-ci étaient regroupés par ordre hiérarchique autour d'un trône surélevé d'une extraordinaire richesse.

Shāh Jahān y accéda par un escalier d'argent qui menait à une plateforme entourée d'une balustrade et d'une douzaine de colonnettes cloutées d'émeraudes soutenant un baldaquin constellé de diamants, le tout surmonté de deux paons émaillés dont les queues déployées étaient ocellées de topazes et de saphirs[38].

Rendu en haut des marches, l'empereur prit place sur ce siège splendide et, toujours afin de me faire honneur, m'invita à le rejoindre et à m'asseoir sur le trône plus petit qui jouxtait le sien.

— Cet homme est mon hôte, proclama-t-il à l'intention de l'assistance, vous lui devez le respect comme s'il était mon propre fils.

À ces mots, Aurangzeb, qui siégeait, lui aussi, à la gauche du shah, réprima un frémissement de rage, mais conserva son apparente dignité malgré ce nouvel affront de la part de son père.

Shāh Jahān leva alors la main pour indiquer que la séance était ouverte.

---

38. Ce trône célèbre, appelé «trône du paon», était le symbole de la magnificence des Grands Moghols. Il avait demandé sept ans de travail au joaillier français Augustin de Bordeaux et coûté un million de roupies ou six millions de livres de l'époque (soit trente à cinquante millions de livres d'aujourd'hui, c'est-à-dire cinquante à quatre-vingts millions de dollars). Il fut volé par les envahisseurs perses qui en firent le trône officiel du shah d'Iran.

Aussitôt, dans un brouhaha indescriptible, tous les courtisans réunis se mirent à hurler en agitant à bout de bras toutes sortes d'objets: robes et saris brodés, colliers de perles, cages remplies d'oiseaux exotiques, lunettes astronomiques, automates, singes apprivoisés…

Encore une fois, je ne pus m'empêcher de manifester ma surprise. Shāh Jahān posa sa main sur mon genou et se pencha sur moi:

— Ils ont tous une faveur à me soutirer. Or, je ne peux accorder la parole à tout le monde. La coutume veut donc qu'on m'offre des cadeaux pour attirer mon attention et avoir le droit de s'adresser à moi.

Je hochai la tête sans porter de jugement et, pendant de longues minutes, je dois l'avouer, j'observai avec amusement le déroulement de cette espèce de surenchère d'offrandes au cours de laquelle tel gouverneur d'une province lointaine tendait désespérément un poignard précieux en hurlant: «Moi! Moi, Majesté!» pendant qu'un maharadja barbu élevait au-dessus de sa tête une horloge dorée en protestant: «Non, moi! Moi! Prenez mon présent!»

L'empereur écouta une dizaine de courtisans après s'être fait apporter les cadeaux qu'il jugea les plus originaux. Puis, lassé des cris et des supplications, il se leva au milieu des «oh!» de déception.

À mon grand soulagement, cette séance dite du Diwan-i-khass était terminée et je ressentais une telle fatigue que je me réjouissais déjà à l'idée de pouvoir regagner mes appartements où je pourrais m'allonger au milieu de coussins moelleux. Hélas, la journée était loin d'être finie. Dès que nous eûmes quitté la salle, je fus entraîné à la suite du shah vers une galerie donnant sur une vaste cour. L'empereur s'y arrêta quelques instants à la demande expresse du prince Aurangzeb qui, pour faire plaisir à son père, avait organisé sur place un combat d'éléphants, spectacle dont le souverain était friand.

L'affrontement rapide et sauvage parut décevoir Shāh Jahān et se solda par l'agonie pitoyable d'un jeune pachyderme, les flancs percés par les défenses acérées de son adversaire. Triste spectacle qui m'arracha un cri de pitié:

— Pauvre bête!

L'empereur parut navré de ma réaction et chercha à me consoler.

— Ce n'est pas grave! Des éléphants, j'en ai beaucoup d'autres...

Pour me convaincre de l'insignifiance de cette perte, il s'informa même auprès d'un de ses ministres.

— Combien en avons-nous dans nos écuries ?

— Environ douze mille, Majesté !

Aurangzeb, qui avait également trouvé le combat trop bref mais s'était visiblement délecté de cette mise à mort sanglante ponctuée de barrissements et de grognements furieux, reprit son air renfrogné.

— *Bapa*[39], il ne faudrait pas trop s'attarder. On vous attend pour la pesée.

Shāh Jahān se tourna vers moi et se mit à rire à la vue de ma mine découragée.

— Une autre coutume de mon pays. On me pèse à chacun de mes anniversaires et je reçois en cadeau mon poids en différentes choses.

Nous nous dirigeâmes alors en grande pompe vers une salle plus petite, entièrement décorée de tapisseries. La famille de l'empereur, ses fils Dara, Murad, Chuja et son petit-fils Suleiman nous y attendaient au pied d'une immense balance dont un des vastes plateaux

---

39. Père.

supportait un siège confortable. Shāh Jahān s'y installa pesamment sous les acclamations des princes et des dignitaires présents.

— Longue vie à Sa Majesté ! Qu'Allah le Très Miséricordieux vous protège !

Puis, suivant un rituel bien réglé, une longue filée de serviteurs lourdement chargés de paniers et de jarres entrèrent dans la pièce et commencèrent à remplir l'autre plateau de la balance. Les premiers y déversèrent un flot sonore de pièces d'or jusqu'à ce que le plateau portant l'empereur s'élève lentement et s'immobilise en équilibre.

Dès que les pièces eurent été transférées dans un coffre, une autre armée de domestiques entreprirent de combler de nouveau le plateau vide mais, cette fois, en y entassant des gobelets de jade, des branches de corail, des diamants et des boîtes laquées de Chine. Sept fois de suite, le plateau fut ainsi chargé et vidé à l'aide d'étoffes de prix, d'épices, de safran et, pour finir, de riz, de sel et de lentilles que le shah fit distribuer aux pauvres.

Pendant tout cet étrange cérémonial, je m'étais tenu à l'écart, me contentant d'en observer le déroulement avec la curiosité du voyageur qui découvre les fastes et les bizarreries d'une culture inconnue.

À ce sujet, un détail ne tarda pas à me sauter aux yeux : l'absence totale de femmes à cette fête qui se présentait pourtant comme un événement à caractère familial. C'est du moins ce que je pensais jusqu'à ce que je perçoive derrière moi des rires étouffés et des voix féminines qui semblaient provenir d'une sorte de fenêtre grillagée en forme de moucharabieh.

Qui donc se cachait derrière ces arabesques de fer forgé permettant de voir sans être vu ?

Je tendis l'oreille et réussis à saisir quelques bribes de ce que ces discrètes spectatrices chuchotaient :

— C'est lui ? Oui… Qu'il est beau ! Il t'a embrassée ? Non ! Même pas… Taisez-vous ! Il va nous entendre !

Mû par un fol espoir, je m'approchai et murmurai à mon tour :

— Bégum Jahanara, êtes-vous là ?

Les voix se turent aussitôt.

Tout à coup, des doigts fins se glissèrent à travers le grillage ouvragé. Puis, comme poussée par cette main, le panneau se souleva et une forme noire se fraya un passage avec souplesse à travers l'ouverture et vint me frôler les jambes en ronronnant. C'était Anty.

Je me penchai pour le caresser.

— Eh bien, quelle surprise ! Comment es-tu arrivé jusqu'ici ?

Il portait un collier décoré de rubis et, dissimulé dans cette parure, je trouvai un billet que je m'empressai de déplier avec soin.

Il y était écrit :

Je meurs d'envie de vous revoir, car je suis éprise de vous. Mais c'est une folie… S'il l'apprend, mon frère Aurangzeb vous tuera. Il serait préférable de m'oublier.

Jahanara

Je cachai vite ce papier compromettant en espérant que personne ne m'ait vu.

Jahanara m'aimait. Elle me l'avait écrit. Ces trois mots chantaient dans ma tête. Eux seuls comptaient et j'avais toutes les difficultés du monde à ne pas laisser éclater mon bonheur. J'allais vite me féliciter de ne pas l'avoir fait.

En effet, sitôt la pesée royale achevée, le prince Aurangzeb m'aborda avec sur le visage une expression si farouche que je crus d'abord qu'il était au courant de tout et allait me poignarder après m'avoir accablé d'injures.

Il n'en était rien. Il venait simplement me transmettre un autre message de l'empereur qui, avant de se retirer dans son palais, me prévenait qu'il organisait une vaste chasse au tigre. Il désirait que j'en sois.

Cette activité devait durer une semaine au moins et la perspective de tuer un malheureux félin ne m'enchantait guère. Bastet me pardonne : les tigres n'étaient-ils pas parents des chats sacrés ? Mais avais-je le choix ? Je ne pouvais me permettre d'offenser mon hôte par un refus. C'est donc à regret que, deux jours plus tard, je quittai Agra sur le dos d'un des six cents éléphants mobilisés pour cette occasion.

Des milliers de rabatteurs armés de pals nous avaient précédés dans les jungles des collines du Rajasthan, ouvrant des pistes et attachant aux arbres des veaux de buffles qui devaient servir d'appâts.

Derechef, l'empereur tint à souligner la haute estime en laquelle il me tenait en me faisant partager son howdah[40]. Aurangzeb, qui avait pris en main l'organisation de la chasse, ne parut pas trop s'en offusquer. Monté sur son propre éléphant, il vint nous avertir :

— Majesté, les pisteurs ont relevé des empreintes. Un gros mâle. Il a égorgé un bufflon et traîné sa carcasse. Les traces de

---

40. Nacelle fixée sur le dos des éléphants.

sang sont bien visibles. Elles mènent à ce temple en ruine, là-bas.

L'empereur acquiesça et lança un ordre bref. Bientôt, la colonne des éléphants se scinda en deux et, dans un ordre parfait, les bêtes, sans se presser, dessinèrent deux vastes arcs de cercle jusqu'à ce que les mastodontes de tête se rejoignent. Le tigre était maintenant pris au piège. D'un coup de leur tige de bambou, les cornacs forcèrent alors leur monture à virer de bord et à marcher vers le centre de la zone encerclée, resserrant ainsi progressivement le périmètre de celle-ci, si bien que les éléphants se retrouvèrent presque flanc à flanc.

À voir la nervosité croissante des pachy-dermes qui, oreilles déployées, branlaient de la tête et piétinaient sur place en barrissant trompe levée, le félin ne devait plus être bien loin. Le pauvre était sans doute caché dans les hautes herbes ou embusqué dans les vestiges du temple tout proche où des nuées de singes sautaient de pierre en pierre et de liane en liane dans un concert de cris aigus.

— Il est là ! s'écria notre mahout[41], le doigt pointé vers un bosquet de bambous.

_____
41. Cornac, c'est-à-dire conducteur d'éléphant.

Les rayures de la robe orange du fauve se fondaient si bien avec la végétation qu'il me fallut un certain temps avant de le distinguer. Un animal magnifique d'au moins cinq cents livres, tapi au sol, parfaitement immobile.

Les rabatteurs entrèrent en action, hurlant, sifflant et tapant à coups de bâton sur des chaudrons pendant que les éléphants serraient encore un peu plus les rangs pour former à présent une sorte de mur vivant infranchissable.

N'ayant plus le choix, le tigre traqué se redressa et poussa des rauquements furieux. Il bondit en avant, fit volte-face, chercha une issue et, malgré les cailloux qui pleuvaient sur lui, d'un saut prodigieux il tenta de franchir la barrière d'éléphants. Désespéré, il s'accrocha aux caparaçons matelassés qui protégeaient ceux-ci mais, à ma grande déception, chaque fois, il fut repoussé à coups de lance par les autres chasseurs. Au bout d'un moment, l'animal retomba lourdement. Bien que blessé, il trouva la force de bondir de nouveau et réussit à s'agripper à notre howdah, balayant d'un coup de patte notre cornac. La nacelle vacilla. L'empereur bascula à la renverse. Une seconde de plus et le fauve allait se jeter sur lui.

— Prenez garde, Majesté ! criai-je en saisissant le pistolet que j'avais conservé à portée de main.

J'hésitai un instant, mais ne pus faire autrement que de décharger mon arme sans avoir le temps de viser. La balle, hélas, atteignit le prédateur entre les deux yeux et le foudroya net. Masse énorme qui écrasa le souverain de tout son poids. Au moins, j'avais mis un terme à ses souffrances et je recommandai aussitôt son esprit à Bastet.

— À l'aide ! gémit Shāh Jahān. J'étouffe. Pourquoi Aurangzeb n'a-t-il pas tiré, lui aussi ? Il était tout près et avait le mousquet que nous emportons pour parer à ce genre d'attaque.

Je pris l'empereur à bras-le-corps et réussis à l'extraire de dessous le cadavre encore chaud du tigre. Son jama et son paijama[42] étaient maculés de sang.

Je m'informai :

— Vous n'êtes pas blessé ?

Abasourdi, mais indemne, le shah me rassura.

---

42. Le jama était une tunique ou longue chemise qui descendait jusqu'aux genoux. Le paijama était un pantalon large, serré aux chevilles, à l'origine de notre moderne pyjama.

— Non, je n'ai rien. Par contre, sans vous, j'étais mort. Ma dette à votre égard vient encore d'augmenter.

Bien entendu, la scène dramatique, qui venait de mettre en péril l'existence même du Grand Moghol, n'avait pas échappé aux autres participants de la chasse. Si bien que, dans les minutes qui suivirent, nous fûmes entourés de seigneurs montés, eux aussi, sur leur éléphant.

La plupart étaient sincèrement bouleversés et parmi eux se trouvait Aurangzeb, la mine faussement contrite.

— Père, pardonnez-moi! Mon éléphant a été saisi de panique et m'a empêché de voler à votre secours…

L'empereur, les sourcils froncés, écouta son fils avec une pointe d'impatience.

— Qui s'excuse s'accuse. Vous avez trahi ma confiance. L'accident aurait pu m'être fatal. Pour vous punir, je prendrai des terres de vos domaines pour les donner à ce noble étranger qui n'a pas hésité à exposer sa vie pour me sauver. Il sera nabab de Bijapur et de Poona. De plus, il portera désormais le nom de Sher Khan[43], sera considéré comme

---

43. Surnom du tigre.

faisant partie de la famille impériale et aura préséance sur vous !

Aurangzeb reçut ces remontrances avec un visage de marbre et s'inclina hypocritement, poussant la duplicité jusqu'à me féliciter et à monter dans notre howdah pour me serrer fraternellement dans ses bras.

Mais, dès que son visage se colla au mien, il me chuchota à l'oreille :

— *Firangui*[44], je suis le seul héritier digne du trône. Mes frères sont des incapables, des idiots ou des ivrognes. Mettez-vous en travers de mon chemin et essayez d'embobiner mon père : je vous écraserai. Tentez de séduire ma sœur : je vous tuerai tous les deux.

---

44. Étranger.

 97

VI

Sombres heures

J'étais maintenant Sher Khan, le Tigre, le protégé du Grand Moghol, son presque fils et peut-être, aux dires de certains, un sérieux prétendant au trône du Paon.

À ce titre, je jouissais de nombreux privilèges réservés normalement aux princes de sang royal. Une pension annuelle considérable. Une garde-robe de plusieurs centaines de robes d'honneur en brocart d'Irak[45] et quantité de turbans de soie que je ne portais jamais plus d'une fois. S'ajoutaient à cela une bannière de parade à mon nom et le droit de me faire annoncer par des

---

45. Ces robes, ou khilats, brodées d'or ou d'argent, faisaient partie des cadeaux traditionnels offerts par l'empereur.

 99

roulements de tambour. Sans compter ma propre écurie d'éléphants, mes léopards et mes faucons dressés pour la chasse. Jamais, depuis que j'avais été pharaon, je n'avais goûté une telle opulence et connu un tel rayonnement[46].

On demanda au meilleur miniaturiste de faire mon portrait. J'étais invité à la table de Shāh Jahān avec qui je jouais au trictrac et aux cartes. Le soir, il m'invitait à fumer le narghilé sur les terrasses de son palais en écoutant de la vina et de la cithare pendant qu'une jolie bayadère dansait pour nous en se déhanchant voluptueusement.

Je dois l'avouer : je m'habituais à cette vie fastueuse, sans souci. Et ce, d'autant plus qu'Aurangzeb avait quitté Agra pour le Deccan. Départ qui me laissait peut-être une chance de revoir Jahanara en dépit des interdits terribles privant de vie amoureuse les princesses de la lignée impériale.

Un jour, alors que la chaleur torride venait de céder aux premières pluies bienfaisantes de la mousson, je crus que le temps était venu d'ouvrir mon cœur à l'empereur.

---

46. Voir Séti, tome 1, *Le livre des dieux*.

Celui-ci, un verre de vin à la main, venait justement de réciter quelques vers du grand Omar Khayyam qui l'avaient laissé songeur.

Ne deviens pas la proie du chagrin.
Ne rappelle pas à ton âme
Le souvenir de ceux qui ne sont plus.
Ne livre ton corps qu'à une amie
Aux douces lèvres et au corps de fée.
Ne sois jamais privé de vin.
Ne jette pas ta vie au vent[47].

— Le poète a raison, soupira Shāh Jahān. Le vin et les femmes : rien de tel pour combler le vide de nos existences. Bien malheureux celui qui n'a jamais aimé à la folie ! Saviez-vous qu'en langue arabe il existe au moins soixante mots pour décrire toutes les nuances de l'amour ? Et vous, combien de mots vous faut-il, Sher Khan, pour décrire les femmes qui ont embelli votre vie ? Vous êtes jeune et bel homme. Ne me dites pas que vous n'avez jamais succombé aux charmes d'une belle !

— Vous avez raison, Majesté, j'ai aimé une femme et je l'aime encore. Elle était Égyptienne et s'appelait Néfer...

— Elle est morte ?

---

47. Omar Khayam, *Les Roubaïates*, quatrain nº 337.

— Oui, il y a bien longtemps. Et depuis, inconsolable, je la cherche à travers toutes les autres femmes qui lui ressemblent et que le destin met sur ma route…

Shāh Jahān hocha la tête.

— Je souhaite que vous trouviez celle qui vous fera oublier. Qui sait, peut-être se trouve-t-elle ici même, parmi les jeunesses de ma cour? Quant à moi, je remercie Allah chaque matin de m'avoir gratifié de la plus parfaite des épouses. Mon adorée, la bégum Mumtaz Mahal, «la plus vertueuse du palais[48]», la prunelle de mes yeux, ma source de lumière.

Il me raconta alors comment il avait connu cette jeune Persane d'une incomparable beauté qui lui avait aussitôt fait renoncer aux centaines de concubines de son harem. Issue d'une famille noble d'Ispahan, elle avait quatorze ans, et lui quinze, quand il l'avait rencontrée au Mina bazar[49]. Des cheveux noirs, des yeux verts magnifiques. Il en était tombé immédiatement amoureux. Malheu-

---

48. Traduction de Mumtaz Mahal.
49. Sorte de marché réservé aux femmes du palais, à l'empereur et à ses fils. On y échangeait bijoux, vêtements et bibelots. C'était aussi l'occasion pour les princes de choisir leurs futures épouses.

reusement, elle était promise à un autre et lui, de son côté, fut contraint de se marier à la petite-fille du shah de Perse. En définitive, ils durent attendre cinq années avant d'être libres et de pouvoir s'unir. Depuis, elle l'avait suivi partout, avait supporté avec lui sept ans d'exil sous l'empereur Jahangir et lui avait donné treize beaux enfants[50].

En vérité, j'avais rarement vu un homme marié parler de son épouse avec une telle ferveur amoureuse. J'en ressentais d'autant plus de sympathie pour l'empereur que, pendant longtemps, j'avais cru être le seul au monde à éprouver des sentiments d'une telle intensité.

C'est sans doute cette communion d'esprit qui, à mon tour, me donna l'audace de confesser mes propres inclinations au monarque.

— Majesté, j'ai un lourd secret à vous confier : la femme qui me rappelle le plus ma bien-aimée Néfer, celle qui m'inspire la même passion que vous éprouvez pour votre chère épouse existe bel et bien. Mais j'ose à peine vous révéler son nom. J'aime votre fille, la princesse Jahanara.

---

50. Sept seulement survécurent.

À mon grand soulagement, l'empereur ne parut ni vraiment surpris ni offensé.

— Je m'en doutais. J'ai parlé à ma fille et j'ai compris qu'elle se languissait de vous. L'impératrice, sa mère, a également plaidé votre cause et m'a convaincu que la loi moghole condamnant les filles de l'empereur au célibat était absurde. Aussi, bien que mon fils Aurangzeb le désapprouve, j'ai l'intention d'apposer mon sceau sur un firman[51] qui vous autorisera à courtiser officiellement Jahanara.

Au comble de la joie, je me jetai aux pieds du shah.

— Quand pourrais-je la rencontrer, je vous en supplie, Majesté ?

— Le prochain Mina Bazar doit se tenir dans quelques jours. Elle y sera. Vous saurez alors si vous êtes bien son « chevalier des rêves[52] ».

Trois jours plus tard, on annonça le retour inopiné du prince Aurangzeb et on vint m'avertir que j'étais invité au bazar réservé normalement à la famille royale et aux femmes du harem. Invitation qui ne manqua

51. Décret impérial.
52. Le Faris-Al-Ahham, ou chevalier des rêves, est l'équivalent musulman du prince charmant.

pas de créer une véritable commotion au sein de la cour d'Agra, en particulier chez les oulémas et les nobles les plus intégristes qui crièrent au scandale.

J'aurais dû rester sur mes gardes. Seulement, j'étais trop amoureux pour imaginer que mon insouciance puisse avoir des conséquences tragiques. Je ne pensais qu'à Jahanara. À travers elle, je revoyais chacune des femmes que j'avais aimées au cours des siècles : Fiametta, Kalia, Viviane, Livia, Roxane. Toutes différentes et toutes semblables parce qu'habitées par une âme unique et inaltérable. L'âme immortelle de Néfer qui, par delà les âges, se réincarnait et se révélait à moi dès le premier regard.

Ce matin-là, en me préparant pour mon rendez-vous, je n'avais qu'une idée en tête. Plaire à Jahanara. Combler toutes ses attentes. L'éblouir. Mais au dernier moment, je me ravisai, échangeant mon caftan bordé de zibeline pour une simple tunique de coton afin que ma flamme me voie tel que j'étais vraiment : Séti l'Égyptien, l'éternel voyageur en quête de son amour perdu. Toutefois, afin de plaire à l'empereur, je conservai pour l'occasion mon turban de soie orné du gros diamant dont il m'avait fait cadeau.

Le bazar se tenait sous les arcades de la cour des Poissons et, à mon arrivée, une foule animée de femmes se pressait déjà autour des étals, marchandant bruyamment ici un bijou, là un sari de soie.

Avec son regard semblable à celui de Jahanara, l'une d'elles attira d'emblée mon attention. Elle présentait les signes d'une grossesse avancée. À ma vue, elle réajusta le voile sur son visage sans toutefois baisser les yeux. Je devinai immédiatement qu'il s'agissait de l'impératrice Mumtaz Mahal et la saluai avec le plus profond respect.

Elle s'adressa à moi comme si elle me connaissait depuis toujours.

— Je suis enchantée de vous voir. Vous cherchez ma fille ? Elle ne doit pas être loin. Mon mari la cherche aussi. À moins qu'elle ne soit encore chez elle à se faire belle.

Je protestai que la princesse n'avait besoin de nul artifice pour paraître à son meilleur. Sa grâce naturelle n'ayant d'égale que celle de sa mère.

Flattée par ce compliment, la bégum eut un petit geste de protestation et ajouta sur un ton badin :

— Ce matin, quand je l'ai quittée, elle était pourtant au désespoir. Elle allait manquer de fumée de bois de santal et de macassar pour ses cheveux. Rien n'allait. Plus de poudre de missi pour se noircir les dents, ni de cire d'abeille pour ses lèvres, se désolait-elle. Elle se plaignait qu'elle allait être affreuse et, de dépit, elle a même brisé son miroir en le jetant par terre.

Elle s'interrompit un instant pour m'observer, puis elle éclata de rire, trouvant sans doute fort drôle l'évocation qu'elle venait de faire des caprices de la princesse.

Notre conversation n'alla pas plus loin, car nous fûmes rejoints par Shāh Jahān, suivi de près par son fils Aurangzeb.

L'empereur bougonna :

— Je ne trouve Jahanara nulle part. Elle devrait être ici. Elle sait pourtant que je ne puis supporter le moindre retard.

— *Bapa*, si vous le désirez, je peux me rendre dans ses appartements, proposa Aurangzeb d'une voix mielleuse.

— C'est ça, allez-y et dites-lui qu'elle se presse. Tout le monde l'attend… Il y a des limites à la coquetterie !

Aurangzeb, la main sur la poitrine, nous salua d'une manière cérémonieuse qui, une fois de plus, alluma chez moi une lueur de doute sur ses véritables intentions. Que manigançait-il encore?

Au bout d'une demi-heure, le fils du shah n'était toujours pas revenu et nous guettions l'arrivée imminente de sa sœur lorsque fusèrent les premiers cris de panique:

— Au feu! Au feu!

Un panache de fumée s'élevait en effet d'une des ailes du palais.

L'impératrice, bouleversée, porta la main à son ventre.

— Allah nous vienne en aide, cela provient de la chambre de Jahanara!

Des flammes jaillirent des fenêtres.

La terreur s'empara des femmes du harem rassemblées dans la cour.

Il fallait agir vite car, malgré la chaîne de porteurs de seaux d'eau qui s'était rapidement organisée, l'embrasement prenait de la vigueur, crevait déjà le toit du palais et faisait éclater le marbre des façades au milieu d'un tourbillon de feu.

Soudain, accourant à toutes jambes, Aurangzeb revint. Il semblait atterré et dut à plusieurs reprises suspendre ses explications pour reprendre son souffle.

— Un accident stupide, Majesté! Une vraie tragédie! La princesse était en retard.

Je lui en ai fait la remontrance. Elle s'est mise à courir. Un pli de son peshwaz[53] a effleuré un chandelier et le tissu, aussitôt, s'est enflammé, la transformant en torche vivante…

— Et toi, qu'as-tu fait ? s'indigna le shah. Tu ne sembles pas blessé !

Visiblement mal à l'aise, Aurangzeb protesta :

— J'ai voulu la sauver, *bapa* ! Allah m'en est témoin ! Hélas, les flammes avaient gagné les tentures et Jahanara avait disparu dans le brasier avant que je ne puisse tenter quoi que ce soit…

L'empereur ferma les yeux puis, brusquement, il saisit son fils à la gorge en rugissant :

— Tu es un lâche ! Hors de ma vue !

L'impératrice, en larmes, me prit le bras.

— Si vous l'aimez, sauvez-la ! Je vous en supplie…

Tout se passa alors très vite. Un peu comme dans un mauvais rêve.

Je me rappelle avoir franchi un mur de feu. Autour de moi, des poutres s'effondraient. Les flammes léchaient les murs. Je suffoquais, mais je persistais à appeler Jahanara.

---

53. Manteau de mousseline transparent emprunté à la mode hindoue.

Au bout de dix minutes à cuire dans cet enfer, je sentis mes cheveux grésiller et s'enflammer. Ma peau, brûlée jusqu'à l'os, commença à se détacher par lambeaux. Je flambais vif et, pourtant, je n'éprouvais aucune douleur. Pas encore…

Reste que plus j'avançais, plus mes forces m'abandonnaient. J'étais une ombre errante dans l'incendie qui faisait rage.

— Jahanara! Jahanara! Répondez-moi! hurlais-je avec ce qui me restait de souffle.

Je voulus continuer de chercher. Je tombai à genoux.

Une pensée terrible me traversa l'esprit. Et si tout cela était le fait d'une main criminelle? Et si ce monstre d'Aurangzeb avait préféré faire disparaître sa sœur plutôt que de la voir unir son destin au mien? L'avait-il livrée aux flammes? Avait-il plutôt simulé sa mort pour l'enlever?

Cette idée me révoltait. Je ne pouvais croire que les dieux aient pu laisser se perpétrer une entreprise aussi infâme. Et le livre sacré dont j'avais la garde… Qu'allait-il advenir de lui si je périssais en ces lieux? Et s'il tombait, plus tard, entre les mains de ce meurtrier sans scrupules! Non, je devais m'opposer par tous les moyens au plan diabolique de ce prince maudit!

Un miaulement me sortit de mon état de semi-conscience. J'ouvris les yeux. Anty était assis devant moi. Miraculeusement épargné par l'élément destructeur. Il se dressa sur ses pattes et miaula une fois de plus, mais de façon plus insistante, comme s'il voulait que je le suive.

Dans un effort surhumain, je parvins à me relever. Mon chat, sans se presser, se fraya un chemin parmi les décombres fumants. Quand je trébuchais ou m'arrêtais, exténué, il s'immobilisait un instant et me fixait de ses prunelles dorées.

Encore quelques enjambées. Encore quelques pas et, en rassemblant mes dernières forces, je réussis à m'extraire de cet enfer juste au moment où les restes du palais s'effondraient.

On me retrouva, couché sur le sol, près d'une fontaine. J'étais nu. Le corps noirci. Ceux qui me découvrirent ne m'identifièrent pas sur-le-champ. Penchés sur moi, ils échangèrent quelques commentaires:

— Qui est-ce? Brûlé comme il est, il ne survivra pas…

— Regarde, il y a quelque chose près de lui…

Une autre voix, qui m'était familière, s'éleva. C'était l'empereur.

— Montrez-moi! Mais c'est le diamant de Babar! Il s'agit donc de Sher Khan. Allez chercher du secours! Quel malheur! Et ma fille… Je ne peux imaginer qu'elle ait péri dans les flammes!

On me transporta sur une civière et les meilleurs médecins de l'Hindoustan se relayèrent autour de ma couche jugeant, hélas, qu'il ne me restait tout au plus que quelques jours à vivre.

Shāh Jahān vint me rendre visite. Malgré la souffrance causée par mes blessures, je réussis à lui demander si le corps de la princesse avait été retiré des décombres.

Il secoua la tête.

— Non, nous avons fouillé les cendres. En vain. Par contre, j'ai des raisons de soupçonner que mon fils, maudit soit-il, est probablement responsable de cette tragédie. D'ailleurs, le renégat a quitté précipitamment Agra à la tête d'une partie de mon armée qu'il a réussi à soudoyer.

— Et l'impératrice, comment va-t-elle?

— Son état de santé m'inquiète au plus haut point. Elle ne dort plus et pleure nuit et jour depuis la disparition de Jahanara.

J'aurais voulu lui témoigner combien je partageais son deuil et celui de la bégum. Malheureusement, j'étais incapable de soutenir une longue conversation et c'est au prix d'une extrême douleur que je pus balbutier encore quelques mots :

— Majesté... Si vous voulez m'aider... Ma besace... Celle que j'avais en arrivant ici... Faites-la-moi apporter... C'est très important !

Shāh Jahān n'eut qu'à battre des mains pour qu'un serviteur coure chercher mon précieux sac de cuir et me le remette sans tarder.

L'empereur voulut savoir si je désirais autre chose.

— Je voudrais demeurer seul, Majesté.

Il n'eut qu'à se lever et tout le monde sortit immédiatement de la chambre.

Là, à l'abri des regards et malgré mes doigts à vif qui me faisaient atrocement souffrir, je sortis le papyrus d'or de l'étoffe de lin dans laquelle je l'avais emballé et commençai à prier :

— Ô dieux protecteurs qui avez toujours veillé sur moi. Thot, le grand thaumaturge et toi, Bastet, qui enveloppes les hommes de ton amour bienveillant, éloignez de moi l'ombre de la mort. Donnez-moi la force de repousser une nouvelle fois les puissances du mal…

Une lumière d'un éclat aveuglant envahit la pièce et, tout à coup, surgi de nulle part, Anty sauta sur mon lit. Il se figea dans la position hiératique des anciens chats sacrés d'Égypte, puis il commença à lécher mes plaies de sa langue râpeuse.

Et le miracle se produisit une fois de plus.

Je ressentis aussitôt un immense soulagement et, en quelques instants, la chair purulente de mes bras et de mes jambes se recouvrit d'un nouvel épiderme à la fois sensible et souple, comme si le processus de cicatrisation s'était accéléré à une vitesse qui défiait les lois naturelles.

Stupéfait, je regardai mes mains. Elles ne présentaient plus la moindre trace de brûlure.

Je voulus caresser Anty, par qui les dieux venaient de me réitérer leur confiance en m'accordant cette guérison. Il avait déjà filé.

Bien sûr, il me fallut plusieurs jours pour recouvrer toute ma vigueur et, surtout, dominer le chagrin immense que me causait la mort de Jahanara. Un deuil que j'avais déjà vécu et que je vivrais encore…

Au bout d'une semaine, encore faible et abattu, je me levai et trouvai enfin le courage d'affronter le monde extérieur. Ce qui m'attendait ne fit que m'accabler davantage.

En effet, pendant mon absence, d'autres événements désastreux étaient survenus. Des événements si graves que personne ne prêta la moindre attention à la promptitude de mon rétablissement.

Une grande armée, commandée par le prince Dara Chikok, le fils aîné et héritier présomptif de la couronne, était en train de se masser autour de la ville avec ses milliers d'éléphants de guerre et ses énormes canons de bronze. Elle devait se mettre bientôt en marche vers le sud afin de châtier Aurangzeb, le traître qui non seulement était officielle-ment accusé du meurtre de sa sœur, mais qui venait également de soulever plusieurs provinces contre l'empereur.

Bref, la situation s'aggravait de jour en jour, d'autant plus que Shāh Jahān, fou de chagrin depuis la mort de sa fille, se révélait incapable de diriger les affaires de l'État. Quant à la bégum Mumtaz Mahal, elle aussi allait de mal en pis. Durement éprouvée par le décès tragique de sa fille, elle avait quitté la capitale pour se réfugier à Burhanpur, où l'on redoutait qu'elle n'accouche prématurément. Crainte attisée par les astrologues de la cour selon lesquels des signes annonçaient encore d'autres malheurs.

Toute une série de calamités s'abattirent effectivement sur le pays. Il se mit à faire une chaleur torride qui sécha sur pied les récoltes et fit craqueler la terre. La famine ravagea la contrée. Au bord des routes, des femmes désespérées essayaient d'échanger leurs nourrissons contre un bol de riz. On en fut réduit à manger les chiens et les rats. On rapporta même que, dans certains villages, on fabriquait de la farine en broyant les os des morts des cimetières.

Mais ce n'était pas tout. D'après les devins, d'autres mauvais présages semblaient plus précisément concerner l'impératrice elle-même et la venue imminente de son quatorzième enfant. D'abord, le bois de santal du berceau préparé pour le nouveau-né se fendit. Puis, le collier censé protéger le futur prince se brisa entre les mains de l'impératrice, répandant sur le sol ses sept perles de verre. Enfin, plus grave encore, la nuit où la bégum ressentit les premières douleurs de l'enfantement, elle entendit le bébé pleurer dans son ventre[54].

Au récit de ces nouvelles alarmantes, et après avoir été informé que son épouse ne pouvait plus quitter le lit, le shah sortit de sa torpeur et décida de se rendre au plus vite à Burhanpur.

Il insista pour que je l'accompagne.

Quand nous arrivâmes sur place, l'impératrice alitée était en travail depuis déjà plus de trente-six heures. Évidemment, je ne fus pas autorisé à me rendre auprès de la parturiente. Mais, à voir l'affolement des accoucheuses qui entraient et sortaient de la chambre royale, il était évident que la naissance se présentait plutôt mal.

Devais-je intervenir en faisant encore une fois appel à la magie du livre? L'idée m'en traversa l'esprit. Cependant, je ne pouvais oublier que la destinée humaine se trouvait d'abord et avant tout entre les mains des dieux. En modifiant le cours du destin, je risquais de contrarier leur volonté et de provoquer leur courroux.

---

54. Selon les superstitions du temps, c'était le signe qu'Allah voulait reprendre l'enfant.

Je ne pus, hélas, poursuivre davantage ce questionnement, car ces mêmes dieux ne tardèrent pas à me faire comprendre que le sort de Mumtaz Mahal était déjà scellé.

Un cri déchirant retentit dans le palais.

— Allah nous vienne en aide! L'impératrice se meurt! cria une servante éplorée.

Je vis une première sage-femme portant une cuvette pleine de sang se précipiter hors de la chambre impériale. Puis une seconde sortir avec, dans les bras, un poupon qui hurlait à pleins poumons. La praticienne, dans sa précipitation, oublia de refermer la porte. Ainsi, dans l'entrebâillement de celle-ci, j'aperçus Shāh Jahān. Il était agenouillé près de la couche ensanglantée et tenait la main de son épouse.

Mumtaz était calme, presque sereine.

— C'est un garçon ou une fille? demanda-t-elle du bout de ses lèvres exsangues.

— C'est une fille.

— Vous l'appellerez Goharara.

— C'est un bien joli prénom.

L'impératrice poussa un gémissement de douleur en cherchant à se redresser sur son lit. De sa voix altérée, je l'entendis murmurer à son mari:

— Jurez-moi que vous ne vous remarierez pas et que vous n'aurez pas d'autres enfants…

— Je vous le jure.

— Promettez-moi que vous ferez construire pour moi et votre fille un beau mausolée. Le plus beau qui soit et, lorsque vous mourrez à votre tour, vous vous y ferez transporter à nos côtés.

— Je vous le promets.

— C'est bien.

Elle ferma les yeux et rendit l'âme comme si elle venait simplement de s'assoupir après une journée éprouvante.

Il était trois heures du matin, le sixième jour du mois de zulgada de l'an 1040 après l'hégire[55]. Date qui restera à jamais gravée dans ma mémoire, car Shāh Jahān, le plus puissant souverain du monde, ne se releva jamais de ce moment fatidique.

Dès l'annonce du décès de Mumtaz, la cour prit le deuil en s'habillant de blanc. Les musiciens rangèrent leurs instruments. La danse et les réjouissances furent interdites.

Au comble du désespoir, l'empereur, pendant deux jours, refusa de quitter la

---

55. Le 6 juin 1631 dans le calendrier chrétien.

dépouille de sa chère épouse et je dus aider ses fils, Murad et Chuja, à l'arracher des bras du cadavre de la bégum qui fut déposé dans un cercueil de bois précieux, enveloppé dans un suaire de lin parfumé au benjoin et à la myrrhe afin d'écarter les mouches.

L'empereur éclata en sanglots. Il pleura sans arrêt durant trois jours et trois nuits au point où il se ruina la vue et dut, plus tard, porter des lunettes.

À l'aube du quatrième jour, il fallut bien quitter Burhanpur pour regagner la capitale. Je pénétrai dans la chambre qui avait été celle de la défunte. L'empereur était encore agenouillé devant le lit vide. Je le pris par le bras.

— Majesté, il faut absolument vous reposer. Votre fils, le prince Chuja, m'a dit qu'il se chargerait de transporter le corps de l'impératrice à Agra. Nous partons demain.

Shāh Jahān approuva, l'air totalement absent. Il se laissa mener jusqu'à sa propre chambre et, avec des gestes mécaniques, il ôta son jama brodé et ses babouches rouges, replia son turban et enleva un à un ses colliers de perles pour revêtir une simple tunique de coton blanc qu'il ne devait plus quitter pendant les deux années qui suivirent.

Le «roi du monde» n'existait plus. Il n'y avait à présent qu'un père éploré et un époux inconsolable. Un homme dont je partageais le chagrin. Après l'avoir mis au lit, je lui demandai l'autorisation de me retirer. Il eut un geste las signifiant qu'il m'y autorisait.

— Je n'ai plus qu'à mourir, moi aussi, soupira-t-il. Mais pas avant d'avoir construit le tombeau que j'ai promis.

Mon regard croisa alors le sien et je ne pus réprimer un mouvement de surprise.

En quelques jours, Shāh Jahān était devenu un vieillard. Sa barbe et ses cheveux avaient entièrement blanchi.

VII

Le Tāj Mahal

Depuis la disparition de sa fille et la mort de sa femme, Shāh Jahān n'était plus que l'ombre de lui-même. Il s'était mis à boire du vin immodérément et trouvait sa consolation dans l'opium et le bangh[56]. En fait, il était si affligé qu'aucun mot ne pouvait décrire sa peine. Un lettré de la cour proposa même pour l'occasion d'en inventer un nouveau : *gham,* qui désormais désigna une sorte de douleur infinie.

Aurangzeb, de son côté, en profita pour étendre son influence maléfique sur le sud de l'Inde et éliminer un à un ceux de ses frères qui pouvaient lui disputer son droit de succession au trône.

---

56. Boisson à base de cannabis.

Sa première victime fut Dara, le fils préféré de l'empereur. C'était un homme doux et raffiné, adepte du soufisme[57]. Il menait l'armée impériale lorsqu'il fut vaincu à la bataille de Samigarh. Déchu, il fut exhibé ignominieusement, vêtu d'une veste de toile grossière et monté sur le dos d'un vieil éléphant boiteux, avant d'être décapité d'un coup de sabre sur la place publique.

On cacha tant bien que mal cette terrible nouvelle à Shāh Jahān, mais l'infâme Aurangzeb trouva un moyen d'accabler un peu plus son pauvre père en recourant à une ruse diabolique.

Ainsi, un matin, un ambassadeur du prince rebelle se présenta au fort Rouge, porteur d'un soi-disant cadeau de paix. Il s'agissait d'un magnifique plat d'or serti de pierreries qui, sous un carré de brocart, devait dissimuler un présent encore plus précieux.

L'empereur, sans méfiance, souleva l'étoffe. Il poussa un cri d'horreur.

Sur le plat se trouvait la tête encore saignante de Dara.

À partir de ce jour funeste, Shāh Jahān, refusant de manger, s'enferma dans un silence

---

57. Doctrine mystique musulmane.

presque total, ne sortant de son mutisme que pour recevoir les plans et les maquettes du mausolée promis à la bégum défunte.

Des messages furent envoyés par pigeons voyageurs aux quatre coins du royaume pour inviter les architectes à soumettre leurs idées. De nombreux projets furent soumis à l'attention de l'empereur. Chaque matin, la corbeille dans laquelle ceux-ci étaient déposés débordait de parchemins et de rouleaux de papier.

Shāh Jahān les examinait en silence. Les plans avaient beau porter les sceaux des plus grands bâtisseurs du temps, comme Amanat Khan de Chiraz, le turc Ismaïl Afendi ou le Vénitien Geronimo Veroneo, l'empereur les écartait systématiquement avec colère:

— Non! Ce n'est pas ce que je veux. Je désire que ce monument soit comme un poème d'amour dédié à Mumtaz, mon épouse adorée, et à Jahanara, ma fille incomparable. Un tombeau dressé dans un parc qui sera le reflet du jardin du paradis avec, en son centre, quelque chose d'aussi splendide que le trône de Dieu.

Parfois, il me consultait et laissait tomber en soupirant:

— Personne n'y parviendra jamais. Aucun de ces hommes n'a assez souffert pour me comprendre. Seul un homme tel que vous, Sher Khan, seul quelqu'un qui partage ma douleur pourrait construire le tombeau idéal dont je rêve.

Je saisissais bien la portée de ces allusions et je lui répétais chaque fois que je n'avais pas les compétences requises pour une telle entreprise.

Il revenait inlassablement à la charge.

— Pourquoi refusez-vous de bâtir le tombeau parfait? Pensez que nous y placerons aussi Jahanara quand nous aurons retrouvé ses restes et qu'à défaut, nous y installerons un cénotaphe dans lequel son âme trouvera le repos éternel.

Est-ce l'obstination du shah où le souvenir douloureux de mes propres amours brisées qui eurent raison de ma résistance? Je ne saurais le dire. Toujours est-il que, sans trop en être conscient, je me mis à griffonner une première esquisse de construction, puis une autre et encore une autre…

Au milieu d'un grand jardin enclos de murs, je traçai deux canaux se croisant en leur centre pour former un bassin et une fontaine[58]. Ce jardin, je le voyais planté de cyprès, symboles de mort, et d'arbres fruitiers, symboles de vie. Je l'imaginais aussi peuplé de colombes, de paons, de gazelles et de rossignols qui s'ébattraient librement au pied du plus splendide bâtiment jamais construit. Tout de marbre blanc incrusté de pierres fines[59], flanqué à chacun de ses angles d'un haut minaret et coiffé d'un dôme central majestueux en forme de bulbe surmonté d'une fleur de lotus.

Shāh Jahān eut vent de mon travail secret et insista pour voir mes croquis.

Il en fut bouleversé et me serra dans ses bras.

— C'est exactement l'édifice que j'ai vu moi-même en songe. Le Tāj Mahal[60]. Nous le construirons dans le coude de la rivière

---

58. Ce plan du jardin clos divisé en quatre, ou charbâgh, figurait symboliquement le jardin du paradis où coulait, disait-on, des rivières d'eau pure, de vin, de lait et de miel.

59. Ces incrustations furent constituées de vingt-huit sortes de pierres semi-précieuses parmi lesquelles la cornaline, la malachite, le lapis-lazuli, la turquoise, le rubis, le saphir, le jade, la topaze, le quartz, le corail, la néphrite, l'agate, l'améthyste, le grenat et l'onyx.

60. En persan, cette expression signifie «palais de la couronne».

Jamura afin que je puisse l'admirer de ma fenêtre à chaque heure du jour. Nous le bâtirons avec le marbre de la montagne de Makrana[61]. Un marbre aussi laiteux que la peau de ma chère Mumtaz. Quant au dôme, il aura le galbe parfait du sein de ma bien-aimée. Ce mausolée sera une merveille qui étonnera le monde et si Allah me prête vie assez longtemps, j'en ferai faire une réplique en marbre noir, sur l'autre rive de la rivière, pour y être enterré quand mon tour viendra.

Shāh Jahān semblait revivre et, dans son enthousiasme, il me pressait de questions.

— Combien vous faut-il d'ouvriers ? Dix mille ? Vingt mille ? Je mettrai à votre disposition mes éléphants afin de transporter la pierre. Quant à l'argent, nul souci. Mon trésorier vous ouvrira mes coffres et vous y puiserez autant que vous aurez besoin.

Et la construction se mit en marche. Un chantier gigantesque qui m'occupa pendant des années[62] et qui me permit, à moi aussi,

---

61. À 300 km d'Agra.
62. La construction prit en fait douze années.

d'oublier mon propre chagrin en me plongeant corps et âme dans cette entreprise démesurée. Peu à peu, mon deuil donna forme à la pierre comme un témoignage de mon amour inaltéré par les siècles.

Il fallut d'abord ériger une immense plateforme et réquisitionner des milliers de femmes, d'enfants et de maçons pour fabriquer, mouler, transporter et monter les briques lakhori[63] de l'ossature du tombeau. Puis, charroyés par les éléphants et des attelages tirés par trente buffles, arrivèrent les blocs de marbre qui furent découpés en minces plaques dans lesquelles les incrusteurs insérèrent des fragments de pierres précieuses formant de superbes entrelacs de fleurs ou de délicates calligraphies reproduisant des versets du Coran.

Dès l'aube, accompagné des meilleurs architectes et maîtres artisans[64] dont j'avais

---

63. Brique trempée dans la graisse brûlante pour lui assurer une plus grande durabilité.
64. Parmi eux nous sont parvenus les noms d'Ustad Ahma Lahori, l'architecte en chef, de Muhammad Anif, le maître-maçon et d'Amanat Khan, le calligraphe. Sans oublier celui d'Ismaïl Afendi, à qui fut confié le dôme ainsi que ceux d'Augustin de Bordeaux et de Geronomo Veroneo, qui réalisèrent les incrustations de pierres précieuses.

eu la sagesse de m'entourer, je me rendais sur le chantier qui bouillonnait d'activité.

Ici, je croisais des caravanes d'ânes et de chameaux chargés de terre, ainsi que de longues filées d'ouvriers, la palanche sur l'épaule. Là, des charpentiers trempaient d'énormes pièces de bois dans de gros chaudrons d'huile de palme bouillante pour les rendre imputrescibles. Plus loin, sous leurs abris de paille, les sculpteurs jouaient du maillet aux côtés des tailleurs de marbre qui faisaient crisser leurs scies.

Parfois, je m'arrêtais au bord de la rivière pour admirer les éléphants qui, entre chaque voyage de pierres, venaient se baigner et se rouler dans la boue, prenant plaisir à s'asperger et à se laisser bouchonner par leurs cornacs.

Au cours de ces tournées d'inspection, quand mes multiples tâches m'en laissaient le loisir, j'échangeais quelques mots avec tous ces gens. Une femme me proposait un bol de kachiri[65]. Un maître-maçon venait me prévenir qu'on allait bientôt manquer de sal[66] et de teck et que, faute de bois, on devrait se

65. Soupe aux légumes et au riz.
66. Grand arbre du nord de l'Inde fournissant un bois précieux.

contenter d'échafaudages en brique crue. Je n'avais pas le temps de lui donner mon accord qu'un lapidaire arrivait, furieux : une bande de macaques avaient envahi ses ateliers et, non contents d'y mener un tapage infernal, ils n'arrêtaient pas d'y voler les pierres de couleur.

L'ouvrage, malgré tout, progressait. Déjà le dôme immaculé émergeait lentement de sa gangue rouge et les hautes arcades des iwans avaient refermé leurs gracieuses ogives.

Malgré cela, l'empereur, qui surveillait l'avancement des travaux depuis un des balcons de son palais, ne cachait pas son impatience.

— Sher Khan, quand aurez-vous terminé ? Pensez-vous que je verrai le Tāj Mahal achevé de mon vivant ?

Je lui faisais un compte rendu le plus honnête possible de l'avancement des travaux.

— La crypte est déjà terminée, Majesté. Nous pourrons bientôt y descendre l'impératrice. Pour le reste, nous faisons de notre mieux. Beaucoup d'ouvriers sont mécontents. Leur salaire n'a pas été versé. Les orfèvres, en particulier, se plaignent. Pour finir le jali[67]

---

67. Balustrade ouvragée.

 131

qui ceinturera le sarcophage, il nous faut leur livrer au plus vite quarante mille tolas[68] d'or pur!

Shāh Jahān secouait la tête pendant que ses trois esclaves l'éventaient à l'aide de plumes de paon.

— Je sais… Je sais! Mon trésor se vide plus vite qu'il ne s'emplit. La sécheresse détruit tout. Les impôts ne rentrent plus et c'est sans compter la guerre civile allumée par mon traître de fils. Ses espions sont légion. Il corrompt mes proches. Il prétend que je suis un ennemi de l'Islam et appelle au djihad[69] contre moi sous prétexte que je fréquente des étrangers et que je tolère d'autres cultes que la seule et vraie religion. Partout mes armées sont en déroute… Hélas! il sera bientôt aux portes d'Agra! C'est pourquoi le temps presse.

Dans un tel climat, que pouvais-je faire de plus? La construction du tombeau devenait une entreprise désespérée, une fuite vers l'avant et je voyais bien que pour le vieil empereur désormais une seule chose comptait: achever le mausolée pour pouvoir mourir en paix et rejoindre ceux qu'il aimait dans le

---

68. Mille livres
69. Guerre sainte.

magnifique tombeau dressé à leur mémoire avant que son fils n'entrave ses dernières volontés.

En ce sens, le shah avait raison. Oui, le temps pressait. Certes, Aurangzeb était encore assez loin, occupé à guerroyer contre les troupes impériales, mais sa funeste influence se faisait déjà sentir et je n'allais pas tarder à avoir la preuve que son dessein était ni plus ni moins que de me voir mourir comme tous ceux qui avaient osé contrarier son ambition maladive.

Tout commença par un certain nombre d'incidents suspects. Par exemple, au cours d'une de mes inspections quotidiennes, une plaque de marbre se détacha mystérieusement de la corniche du monument et se fracassa juste à côté de moi. Il y eut aussi cet éléphant devenu furieux qui me chargea et faillit m'empaler au bout d'une de ses défenses.

Simple hasard, pensai-je sur le coup. De simples accidents propres aux chantiers d'une telle importance…

Je dus changer d'avis la nuit où une ombre se faufila dans ma chambre dont la fenêtre était restée ouverte à cause de la touffeur précédant la mousson. Un voleur ? L'homme s'assura d'abord que je dormais, puis se mit à fouiner dans mes affaires jusqu'à ce qu'il empoigne mon coffret à bijoux.

Tout doucement, je glissai ma main sous mon oreiller et pris un des pistolets de pirate que j'y avais cachés.

L'intrus souleva un pan du rideau transparent qui protégeait mon lit des insectes et retira de sa ceinture un redoutable katar[70].

Il leva le bras, prêt à me frapper.

Je brandis soudainement mon arme et lui tirai une balle, presque à bout portant. Mon agresseur s'effondra sur moi, en travers de ma couche. Il n'y avait maintenant plus aucun doute possible. Cet individu n'était pas seulement venu me détrousser de quelques joyaux, il avait bel et bien eu l'intention de m'assassiner.

J'étais curieux de savoir ce qu'il m'avait dérobé. Ainsi, je retournai le cadavre afin de le fouiller. Il s'était emparé de ma précieuse besace contenant le livre de Thot. Le voleur tenait également, serrée dans son poing gauche, une pierre brillante qui roula sur le tapis lorsque je voulus la récupérer.

---

70. Poignard indien qu'on tient dans le prolongement de son avant-bras grâce à une barre horizontale. Sa lame, une fois enfoncée dans les chairs, s'ouvre pour infliger des blessures mortelles.

C'était le diamant de Babar, dont Shāh Jahān m'avait fait cadeau, au grand dam du prince Aurangzeb.

Le Tāj Mahal fut enfin terminé. Juste à temps pour l'anniversaire de l'empereur.

À cette occasion, Shāh Jahān, déjà affaibli par les excès de boisson, se fit porter jusqu'à l'entrée des jardins qu'il tint cependant à traverser par lui-même, appuyé sur une canne.

Il avait les larmes aux yeux et s'arrêta à plusieurs reprises pour me féliciter.

— Sher Khan, c'est une pure merveille. Jahanara et ma chère Mumtaz doivent être heureuses, et Allah en son paradis doit s'étonner de voir une réalisation terrestre atteindre un tel degré de perfection.

Tout au long de son parcours, l'empereur distribua des pièces d'or aux pauvres et égrena son masbaha[71] en récitant des prières.

Au pied du mausolée, il leva la tête pour lire une des sourates incrustées sur le bandeau au-dessus du porche principal.

---

71. Chapelet musulman.

Ô toi, âme en paix,
Retourne vers ton Seigneur.
Heureuse d'être avec lui,
Heureuse de lui plaire.
Entre donc parmi mes serviteurs,
Viens dans mon paradis[72].

— Très bien ! Très bien ! commenta l'empereur. Ce passage du Livre saint est admirable !

Shāh Jahān me demanda de l'accompagner à l'intérieur jusque dans la grande salle octogonale plongée dans la pénombre au centre de laquelle, sous un dais magnifique, trônait le tombeau de l'impératrice. Mais, à la vue de la pierre tombale de Mumtaz Mahal, il poussa un cri déchirant et exigea qu'on le laisse seul.

Il sortit une heure plus tard. Silencieux et plus voûté que jamais.

Je l'aidai à remonter la chaussée dallée de grès rouge qui longeait le canal où flottaient des lotus en fleur. Avant de franchir le portail de sortie, il se retourna pour admirer une dernière fois le monument, perle lumineuse dans son écrin de verdure.

---

72. Sourate 86 ou sourate de l'aube. Seul passage du Coran où Dieu s'adresserait directement à ses fidèles.

Se doutait-il qu'il ne foulerait plus jamais de son vivant le sol de ce lieu sublime, hommage hors du commun aux deux femmes que nous avions aimées ?

VIII

Épilogue

Dans les semaines qui suivirent, le drame se précipita.

Un matin, je remarquai que les jets des fontaines qui rafraîchissaient mes appartements avaient cessé de fonctionner. C'est alors que Zakir, un guerrier rajpoute de la garde personnelle du shah, arriva en trombe.

— Seigneur Sher Khan, le palais est assiégé. Les armées d'Aurangzeb sont sous nos murs. L'eau a été coupée. Nous nous sommes battus, prêts à mourir pour l'empereur, mais celui-ci nous a ordonné de déposer les armes. Il faut que vous partiez au plus vite. Je dois vous conduire hors du palais, en sécurité. Sinon le prince vous fera subir le sort qu'il a déjà réservé à certains proches de Sa Majesté.

— Quel sort?

— Il les a fait démembrer et leurs restes ont été jetés aux crocodiles et aux tigres des douves du fort Rouge.

J'eus à peine le temps de récupérer ma besace contenant mes mémoires et le livre de Thot. Déjà, dans le fracas des tambours et des trompettes, l'usurpateur entrait en grande pompe dans Agra.

Qu'allait-il advenir de Shāh Jahān, maintenant à la merci de son scélérat de fils?

Zakir ne me laissa pas le loisir de méditer davantage sur la triste destinée du Grand Moghol. Il me mena par un passage secret à l'extérieur du fort. Deux coursiers rapides nous y attendaient. En serviteur loyal, il me conduisit au temple de Mathura, sur le territoire des Jats, une farouche tribu paysanne restée fidèle à l'empereur déchu.

— Ici, vous ne risquez rien, me rassura-t-il. Ce temple est sacré. Notre dieu Krishna est né en ces lieux que nul n'oserait violer. Surtout pas Aurangzeb, qui a toujours refusé de mettre les pieds dans un de nos sanctuaires.

Comme la plupart des sites du genre, le temple de Mathura était infesté de singes qui, à ma vue, s'enfuirent en poussant des cris stridents et en émettant des bruits de gorge.

L'endroit était, pour l'heure, presque désert et n'abritait que quelques vieux prêtres. Les salles humides étaient envahies de lianes et de racines d'arbres centenaires bruissant de sons étranges qui semblaient donner vie aux sculptures et aux bas-reliefs représentant d'étranges dieux à quatre têtes, mi-hommes, mi-éléphants, qui voisinaient des déesses à dix bras montées sur des tigres.

Je demeurai ainsi caché pendant une semaine au bout de laquelle Zakir revint, porteur de sombres nouvelles. Shāh Jahān était encore empereur en titre, mais Aurangzeb le tenait prisonnier dans une partie du palais dont il avait fait murer les portes et les fenêtres à l'exception d'une étroite ouverture. La rumeur voulait que, par cette meurtrière, l'empereur défait attendait la mort en observant de loin son cher Tāj Mahal à l'aide d'un miroir…

Refusant toute nourriture, il était, semble-t-il, incapable de quitter des yeux son rêve de pierre.

Zakir était atterré.

— Aurangzeb s'est proclamé Protecteur de la foi. Son fanatisme n'a plus aucune limite. Il a interdit le vin et la vaisselle d'or. Finis les robes et les voiles transparents. Malheur aux danseuses qui refusent de renoncer à leur art et de se marier. Quant aux chanteurs, il leur fait couper la langue. Mais, il y a plus grave encore. Il s'attaque à nos dieux et les considère comme de vulgaires idoles bonnes à être renversées et brisées. Des temples ont été profanés. Hélas, vous ne pouvez demeurer à Mathura. Vous n'y êtes plus en sécurité. Je prends moi-même la route du sud. Joignez-vous à moi. Les Adilchahis[73] de Bijapur nous donneront asile, tout comme le sultan de Golconde.

J'étais sur le point d'acquiescer à sa proposition quand, tout à coup, un miaulement attira mon attention.

C'était un chat qui ressemblait à s'y méprendre à Anty.

Zakir voulut chasser l'animal d'un coup de pied.

— Il me suivait déjà à Agra. Il a dû se glisser dans mes bagages. Impossible de m'en débarrasser !

Je l'arrêtai.

— Regardez son collier serti de rubis. Ce chat n'est pas n'importe lequel. C'est le chat de la princesse Jahanara !

73. Dynastie régnante de cette principauté qui résista longtemps aux Grands Moghols.

Zakir ne parut pas comprendre toute l'importance de cette troublante découverte. Il se contenta d'enfourcher sa monture alors que je serrais Anty dans mes bras.

— Allons, venez ! m'implora-t-il une dernière fois. Dans le sud, je suis certain de pouvoir rallier d'autres princes. Je lèverai une armée et je reviendrai délivrer Shāh Jahān. Il y va de mon honneur et, pour un rajpoute qui a juré sur son épée de servir son souverain, il n'y a pas d'autre choix : vaincre ou mourir !

Je déclinai son offre. Il n'insista pas et talonna son cheval qui partit au grand galop.

Anty était en piteux état. C'est pourquoi je ne l'avais pas reconnu immédiatement. Maigre et pelé, il avait deux vilaines plaies purulentes au cou. Afin de le soulager, je lui ôtai son collier. Un billet soigneusement caché en tomba. Je le dépliai. Il ne contenait que quelques mots griffonnés à la hâte :

Je ne suis pas morte. Mon frère me tient séquestrée. Venez à mon secours.

Princesse Jahanara

Je n'en croyais pas mes yeux. Je relus le message plusieurs fois. *Jahanara est en vie !*

 143

L'émotion qui m'étreignait était si forte que je ne pouvais que répéter sans arrêt cette phrase qui à la fois me comblait de joie et me torturait d'inquiétude.

Quand je parvins à mieux analyser la situation, mille questions se bousculèrent dans mon esprit. Et s'il s'agissait d'un piège ? Et même si c'était vrai, comment pénétrer dans le palais maintenant qu'Aurangzeb en était le maître ? Tenter l'aventure seul et à visage découvert serait pure folie.

Les miaulements d'Anty me ramenèrent à la réalité. La pauvre bête se mourait de faim. Un des prêtres du temple me fit l'aumône d'un peu de lait. Je le remerciai en le saluant, les mains jointes. Anty lapa le liquide avec avidité, puis il repéra la besace dans laquelle se trouvait le livre de Thot. Il se mit aussitôt à la gratter du bout de la patte.

Le message était clair. Par l'entremise d'Anty, Bastet m'invitait à utiliser le pouvoir du livre pour accomplir mon impossible mission.

Restait à savoir quelle aide les dieux pouvaient m'apporter. Je n'en avais aucune idée.

Anty miaula d'impatience, ses prunelles fixées sur moi.

Alors, sans réfléchir, je pris le livre et le tendis à bout de bras vers le ciel.

— Ô grands dieux ! Je m'en remets entièrement à votre sagesse ! Ô Thot ! Ô Bastet ! Dictez-moi ma conduite ! Faites ce qui doit être fait et que justice soit rendue !

Au même instant se turent tous les singes hurleurs qui, une seconde plus tôt, se chamaillaient sur la toiture du temple.

On entendit un grondement sourd et la terre trembla.

Le livre de Thot, que je tenais toujours à la main, irradia une lueur si aveuglante que je le laissai tomber par terre.

Jamais je n'avais eu une impression aussi bizarre. L'impression que mes os s'allongeaient, que ma peau s'étirait et que mes traits se déformaient. Je me tâtai le visage. Des sourcils broussailleux ombrageaient mes yeux qui semblaient s'être enfoncés dans leurs orbites. Une barbe en pointe m'était poussée au menton. Je regardai mes mains. Elles avaient des veines saillantes et des doigts crochus.

Que m'arrivait-il ? Les dieux avaient-ils décidé de punir ma présomption en me faisant subir quelque métamorphose monstrueuse ?

Les secousses continuaient d'ébranler le temple et, pour ne pas courir le risque d'être écrasé sous les roches qui se détachaient d'un peu partout, je sortis sur une terrasse où plusieurs brahmanes avaient, eux aussi, trouvé refuge. Or, dès qu'ils me virent, ils se prosternèrent devant moi, terrorisés. Étais-je devenu si hideux que je leur faisais peur?

Il y avait, non loin de là, un grand bassin autour duquel se désaltéraient des vaches sacrées. Je me penchai au-dessus. Comme dans un mauvais rêve, la surface des eaux me renvoya l'image d'un autre.

Celle de mon pire ennemi. Aurangzeb en personne. La ressemblance était hallucinante. J'étais son sosie parfait.

J'étais lui.

Passé la frayeur du moment, je ne pus m'empêcher d'admirer la sagacité des dieux. En effet, quel meilleur stratagème inventer pour s'introduire dans l'inexpugnable forte-resse d'Agra que de se faire passer pour le seigneur de la place?

Deux jours plus tard, je me retrouvais donc avec Anty aux portes de la ville. Par chance, accompagné de ses éléphants et de ses léopards dressés, le vrai Aurangzeb était parti à la chasse au nilgaut[74]. Aussi ne risquais-je

---

74. Antilope d'Asie.

pas, pour l'instant, de me retrouver face à face avec lui. Le reste dépendait de ma capacité à bien jouer mon rôle.

Quand je me présentai à cheval devant les vantaux bardés de fer de la porte d'Amar Singh, j'affichai, comme il se doit, un air hautain et courroucé. Loin d'essayer de m'arrêter, les gardes sonnèrent de la trompette et firent battre le tambour pour annoncer mon entrée.

Des nuées de serviteurs se précipitèrent pour s'occuper de ma monture et prendre soin d'Anty. Un courtisan me demanda si la chasse avait été bonne. Un ouléma m'aborda de manière insistante pour que j'approuve un décret frappant les infidèles d'un nouvel impôt.

Je rabrouai sans ménagement ces importuns.

— Plus tard ! Plus tard ! Écartez-vous !

Lorsque je pénétrai dans les appartements impériaux, le grand vizir en personne m'accueillit avec un empressement mêlé de surprise.

Avant qu'il ne me pose la moindre question, je déclarai sur un ton sans réplique :

— Conduisez-moi immédiatement auprès de ma sœur, la bégum Jahanara !

Il parut interloqué.

— Mais, Majesté, vous avez ordonné que la princesse…

Je l'interrompis avec colère :

— J'ai dit : tout de suite ! Vous avez compris ?

— Bien, Majesté !

Le fonctionnaire servile se confondit en excuses, feignant même de vouloir flatter Anty qui se tenait à mes pieds. Lequel répondit à cette caresse par un coup de griffes.

Tout en se frottant le poignet, le vizir m'invita à le suivre. Je lui emboîtai le pas, le torse bombé et la tête haute en distribuant des regards dédaigneux à tous les gens de cour, dos courbés et yeux baissés, que nous croisions.

Nous nous retrouvâmes devant une porte massive gardée par deux esclaves que je renvoyai d'un geste agacé.

Je toisai le grand vizir :

— Ouvrez !

Le vil personnage fit tourner sa clé et s'effaça pour me céder le passage.

Je le congédiai à son tour, sans façon.

— Laissez-moi seul avec la princesse !

L'homme se retira en marchant à reculons, plus obséquieux que jamais.

J'avais réussi. Personne ne s'était douté de la supercherie.

Mon cœur se mit à battre très fort.

La pièce était plongée dans une demi-obscurité. Sur le lit, derrière un rideau de fine étoffe qui servait de moustiquaire, je devinai un corps allongé.

Je m'approchai sans bruit. Un filet de lumière qui filtrait à travers une ouverture éclairait à peine la dormeuse.

C'était bien Jahanara. J'hésitai à troubler son sommeil. J'étais à la fois ému et au comble du bonheur. Pour la première fois, je pouvais contempler sans voile le visage de celle qui n'avait cessé d'habiter mes pensées.

La princesse dut sentir mes regards trop appuyés et entrouvrit les paupières.

Elle aperçut d'abord Anty et s'écria :

— Ah, te voilà, toi… Mais où étais-tu donc passé ?

Puis, elle découvrit ma présence.

Sa réaction fut si vive qu'elle me prit au dépourvu et m'empêcha d'emblée de lui révéler ma vraie identité.

D'un bond, ma bien-aimée sauta au bas de sa couche.

— Espèce de monstre, ne me touche pas ! Que veux-tu ?

J'effleurai son bras.

Elle se déroba comme si j'étais Iblis[75] en chair et en os.

Il fallait que ce malentendu se dissipe au plus vite.

— Non, non ! Je ne suis pas celui que vous croyez. Je vous en supplie, écoutez-moi ! Je suis Séti l'Égyptien. Sher Khan, si vous préférez.

— Tu te moques de moi. À quoi rime cette farce grotesque ? Quelle autre torture as-tu inventée ? Tu ne m'as pas fait assez de mal comme ça ?

J'aurais dû prévoir cet accueil brutal. Pour la convaincre, je lui narrai en détail l'épisode de son sauvetage des mains des pirates du *Faucon des mers*.

Elle sembla hésiter et, tout en grattant Anty à la base du cou, elle me dit d'une voix radoucie, mais sur un ton toujours incertain :

— Je ne te crois pas... Je te sais capable de tous les crimes. Si vraiment tu n'es pas mon frère, prouve-le. Explique-moi par quel prodige tu as son apparence.

_____
75. Le diable des musulmans.

— Vous vous souvenez du diamant dont votre père a fait présent à l'homme qui vous a ramenée saine et sauve à Agra?

— Oui, le diamant de Babar.

Je plongeai ma main dans ma besace.

— Eh bien, le voici!

Elle étouffa un cri de surprise.

— C'est impossible… Comment être sûre que vous ne l'avez pas volé? Comment se pourrait-il que vous soyez un autre?

— Tout le monde l'ignore, mais j'ai certains pouvoirs…

— Si vous êtes bien celui que vous prétendez être, par quel miracle m'avez-vous retrouvée ici?

— C'est le chat qui m'a prévenu. J'ai lu le message que vous aviez caché dans son collier. Vous devez me faire confiance. Je vais vous aider à vous enfuir.

Elle devint toute pâle.

— Je ne peux pas… Je ne veux pas… J'ai trop honte… Je le regrette… Surtout pas avec vous! Laissez-moi!

— Mais pourquoi? Vous ne m'aimez plus?

Elle fut secouée de sanglots et s'avança vers la fenêtre afin de paraître en pleine lumière.

Elle tourna la tête et releva lentement sa longue tunique de coton.

— À cause de ça !

Un côté de son visage, ses bras, ses jambes, son ventre et une grande partie de son corps étaient atrocement brûlés et laissaient voir des plaies mal cicatrisées.

— Je suis hideuse. Jamais je n'accepterai de m'exposer ainsi au grand jour, même sous le plus épais des voiles. Vous-même finiriez par m'avoir en horreur.

Je la rejoignis et la pris dans mes bras. Elle posa sa tête sur mon épaule.

Je lui murmurai à l'oreille :

— Durant ma longue existence, j'ai appris que le corps n'est que la fragile enveloppe de notre âme immortelle. Pour moi, vous êtes toujours aussi belle et si vous m'aimez autant que je vous aime, vous accepterez de venir avec moi. Il n'y a pas une seconde à perdre.

Elle soupira.

— C'est bien. Je vous suivrai.

Dès que nous eûmes franchi la porte, je fus de nouveau assailli par une nuée de solliciteurs dont je réussis à me débarrasser en simulant un accès de violente colère.

Le visage drapé dans un châle et le corps dissimulé sous un haïk[76] noir, Jahanara se tenait derrière moi, serrant Anty contre son sein.

En passant sur une des galeries du palais, elle vit au loin le Tāj Mahal se profiler dans la brume du matin.

Elle s'arrêta, éblouie.

— Voilà donc le tombeau que vous avez bâti pour ma mère et moi ? Je n'ai jamais rien vu d'aussi beau.

Je caressai sa joue.

— Il vaut mieux ne pas s'attarder. Votre frère peut revenir à tout moment et nous devons nous hâter si nous voulons délivrer également votre père.

Jahanara me répondit :

— C'est inutile, il refusera.

Je m'opposai :

— Ce serait ridicule. S'il s'échappe avec nous, l'empire tout entier se rangera derrière lui et votre frère sera chassé du trône.

— Je sais, mais vous ne réussirez pas à le faire fléchir. D'après ce que m'ont rapporté

76. Pièce d'étoffe dans laquelle les musulmanes s'enveloppent et qui leur tient lieu de manteau.

 153

certains de mes geôliers, il ne peut presque plus marcher. En outre, il a fait serment de ne pas s'éloigner du tombeau de Mumtaz Mahal jusqu'à ce que la mort les réunisse.

J'aurais peut-être discuté plus longtemps si, à ce moment précis, ne s'étaient élevées dans le palais des rumeurs annonçant le retour de la chasse royale.

Cinq minutes plus tard, Jahanara et moi étions à cheval et galopions loin du fort Rouge. Longue chevauchée qui, à travers les provinces de Mawar et de Malwa, nous mena jusqu'au port de Surat, fief personnel de la princesse et grand port de l'océan Indien ouvert aux navires étrangers dont les canons nous assure-raient une relative sécurité.

Épuisée par le voyage, Jahanara s'était étendue sur son sofa où elle somnolait. Elle avait eu le temps de se laver et de se parfumer. Anty, roulé en boule, dormait à ses côtés.

La chaleur était étouffante et, par mo-ments, des tourbillons de poussière rouge balayaient les champs. Le soleil descendait sur la mer et les dernières barques, faisant la navette depuis les bateaux marchands ancrés au large, remontaient le fleuve Tapti au rythme régulier de leurs avirons.

Je me penchai sur la belle endormie et posai un baiser sur sa bouche. Elle s'éveilla en étirant les bras et me sourit, ravie de constater que j'avais repris mon véritable aspect. Celui du valeureux Sher Khan dont tout Surat parlait. Le héros qui, à la barbe du tyran, avait enlevé la fille de Shāh Jahān.

— J'ai fait un rêve étrange, me dit-elle. Comme vous, j'étais moi et j'étais une autre. Nous portions tous deux des couronnes d'or et régnions sur un pays de lumière et de sable où paressait un fleuve bordé de palmiers et de temples très anciens. Vous m'appeliez Néfer. Vous me répétiez que vous m'aimiez et qu'au-delà de la mort, nous nous aimerions encore.

— Vous m'aimez donc ?

— Oui. J'ai même l'impression de vous avoir toujours aimé. Qui sait, peut-être avons-nous déjà été unis dans d'autres vies ?

C'était la première fois que nous partagions un vrai moment d'intimité. C'est sans doute pour cette raison que, sans y penser, je me mis à caresser ses jambes que sa robe avait laissées à nu.

Elle repoussa ma main et recouvrit modestement ses membres affreusement brûlés.

Je ne pus alors résister à la tentation. Je sortis de ma besace un petit pot rempli d'une crème laiteuse.

— Laissez-moi faire… Tout ira mieux…

— Qu'est-ce que c'est?

— Un baume que j'ai rapporté d'Italie.

Elle s'abandonna à mes soins tout en me livrant les pensées qui la préoccupaient.

— Qu'allons-nous devenir? Je connais mon frère. Il ne nous laissera pas en paix et se vengera sans pitié.

Je continuai de la masser doucement.

— Nous ne risquons rien. Aurangzeb paiera sous peu ses infamies…

— Et comment le savez-vous?

— Je suis un peu devin…

Elle se moqua gentiment de moi.

— Vous l'avez vu dans les astres?

— Non, dans un livre qui ne me quitte jamais.

— Et qu'avez-vous lu dans votre livre?

— J'y ai lu qu'une grande révolte va bientôt mettre à feu et à sang l'Hindoustan[77].

---

77. La révolte des Marathes menée par le légendaire Chambudji.

Votre frère peinera grandement à la mater. Il finira seul et torturé par la peur d'être assassiné par ses propres enfants[78].

Jahanara ne m'écoutait plus. Elle haleta :

— Continuez ! N'arrêtez pas… Je me sens toute drôle.

Mes mains remontaient et descendaient le long de ses jambes meurtries.

Ma princesse ferma les yeux.

Je repris un peu de crème pour lui frotter le visage et le reste du corps.

Elle se détendit complètement. Quand elle ne sentit plus la chaleur de mes paumes sur sa peau, elle se redressa et examina ses jambes, son abdomen et le côté de son visage.

Ils étaient lisses et immaculés. Plus la moindre trace de lésions.

— C'est pourtant impossible ! s'écria-t-elle. Regardez ! Vous avez tous les dons !

Dérangé en plein sommeil, Anty se leva, arqua son dos et bâilla largement.

Je montrai le chat.

— C'est lui qu'il faut remercier…

Elle éclata de rire.

---

78. Il mourut en 1707, laissant un empire exsangue qui continua de décliner avant de disparaître définitivement en 1857.

— Voyons, ce n'est qu'un chat. Les chats ne sont pas des dieux! Ils ne peuvent pas plus guérir qu'ils ne peuvent changer le plomb en or ou faire pleuvoir.

— C'est ce que vous croyez…

Au même moment, quelques gouttes d'eau commencèrent à pianoter sur le toit de la chambre.

Puis, tout à coup, comme si les digues du ciel s'étaient brusquement ouvertes, un déluge se mit à tomber. La mousson tant attendue après ces mois de sécheresse venait enfin d'arriver.

Un vent de fraîcheur envahit la pièce. Je me plaçai devant la fenêtre ouverte.

Dehors, des enfants entièrement nus dansaient sous l'averse en criant:

— *Varsha! Varsha*[79] *!*

---

79. La pluie.

Note:

Le Tāj Mahal est effectivement un monument funéraire de marbre blanc construit sur l'ordre de Shān Jahān suite au décès de son épouse. Sa construction a toutefois demandé plus de dix ans de travail et est le fruit de la vision de nombreux architectes venus du monde entier.

TABLE DES CHAPITRES

I. Shadee 7

II. Sur la route de l'Inde 21

III. Sous le pavillon noir 47

IV. La bégum 65

V. Intrigues au fort Rouge 79

VI. Sombres heures 99

VII. Le Tāj Mahal 123

VIII. Épilogue 139

**Daniel
Mativat**

Né le 7 janvier 1944 à Paris, Daniel Mativat
a étudié à l'école normale et à la Sorbonne
avant d'obtenir une maîtrise ès arts à l'Université du Québec à Montréal et un doctorat en
lettres à l'Université de Sherbrooke. Il a
enseigné le français pendant plus de 30 ans
tout en écrivant une cinquantaine de romans
pour la jeunesse. Il a été trois fois finaliste du
prix Christie, deux fois du Prix du Gouverneur général du Canada et une fois du prix TD.
L'auteur habite aujourd'hui Laval.

COLLECTION CHACAL

1. *Doubles jeux*
   Pierre Boileau (1997)

2. *L'œuf des dieux*
   Christian Martin (1997)

3. *L'ombre du sorcier*
   Frédérick Durand (1997)

4. *La fugue d'Antoine*
   Danielle Rochette (1997)
   (finaliste au Prix du
   Gouverneur général 1998)

5. *Le voyage insolite*
   Frédérick Durand (1998)

6. *Les ailes de lumière*
   Jean-François Somain
   (1998)

7. *Le jardin des ténèbres*
   Margaret Buffie, traduit
   de l'anglais par Martine
   Gagnon (1998)

8. *La maudite*
   Daniel Mativat (1999)

9. *Demain, les étoiles*
   Jean-Louis Trudel (2000)

10. *L'Arbre-Roi*
    Gaëtan Picard (2000)

11. *Non-retour*
    Laurent Chabin (2000)

12. *Futurs sur mesure*
    collectif de l'AEQJ (2000)

13. *Quand la bête s'éveille*
    Daniel Mativat (2001)

14. *Les messagers d'Okeanos*
    Gilles Devindilis (2001)

15. *Baha-Mar et les
    miroirs magiques*
    Gaëtan Picard (2001)

16. *Un don mortel*
    André Lebugle (2001)

17. Storine, l'orpheline
    des étoiles, volume 1 :
    Le lion blanc
    Fredrick D'Anterny (2002)

18. *L'odeur du diable*
    Isabel Brochu (2002)

19. *Sur la piste des Mayas*
    Gilles Devindilis (2002)

20. *Le chien du docteur
    Chenevert*
    Diane Bergeron (2003)

21. *Le Temple de la Nuit*
Gaëtan Picard (2003)

22. *Le château des morts*
André Lebugle (2003)

23. Storine, l'orpheline
des étoiles, volume 2:
Les marécages de l'âme
Fredrick D'Anterny (2003)

24. *Les démons de Rapa Nui*
Gilles Devindilis (2003)

25. Storine, l'orpheline
des étoiles, volume 3:
Le maître des frayeurs
Fredrick D'Anterny (2004)

26. *Clone à risque*
Diane Bergeron (2004)

27. *Mission en Ouzbékistan*
Gilles Devindilis (2004)

28. *Le secret sous ma peau*
de Janet McNaughton,
traduit de l'anglais
par Jocelyne Doray (2004)

29. Storine, l'orpheline
des étoiles, volume 4:
Les naufragés d'Illophène
Fredrick D'Anterny (2004)

30. *La Tour Sans Ombre*
Gaëtan Picard (2005)

31. *Le sanctuaire des Immondes*
Gilles Devindilis (2005)

32. *L'éclair jaune*
Louis Laforce (2005)

33. Storine, l'orpheline
des étoiles, Volume 5:
La planète du savoir
Fredrick D'Anterny (2005)

34. Storine, l'orpheline
des étoiles, Volume 6:
Le triangle d'Ébraïs
Fredrick D'Anterny (2005)

35. *Les tueuses de Chiran,*
Tome 1, S.D. Tower,
traduction de Laurent
Chabin (2005)

36. *Anthrax Connexion*
Diane Bergeron (2006)

37. *Les tueuses de Chiran,*
Tome 2, S.D. Tower,
traduction de Laurent
Chabin (2006)

38. Storine, l'orpheline
des étoiles, Volume 7:
Le secret des prophètes
Fredrick D'Anterny (2006)

39. Storine, l'orpheline
des étoiles, Volume 8:
Le procès des dieux
Fredrick D'Anterny (2006)

40. *La main du diable*
Daniel Mativat (2006)

41. *Rendez-vous à Blackforge*
Gilles Devindilis (2007)

42. Storine, l'orpheline
    des étoiles, Volume 9 :
    Le fléau de Vinor
    Fredrick D'Anterny (2007)

43. *Le trésor des Templiers*
    Louis Laforce (2006)

44. *Le retour de l'épervier noir*
    Lucien Couture (2007)

45. *Le piège*
    Gaëtan Picard (2007)

46. *Séléna et la rencontre
    des deux mondes*
    Denis Doucet (2008)

47. *Les Zuniques*
    Louis Laforce (2008)

48. *Séti, le livre des dieux*
    Daniel Mativat (2007)

49. *Séti, le rêve d'Alexandre*
    Daniel Mativat (2008)

50. *Séti, la malédiction
    du gladiateur*
    Daniel Mativat (2008)

51. *Séti, l'anneau des géants*
    Daniel Mativat (2008)

52. *Séti, le temps des loups*
    Daniel Mativat (2009)

53. *Séti, la guerre des dames*
    Daniel Mativat (2010)

54. *Les Marlots, La découverte*
    Samuel Milot (2011)

55. *Le crâne de la face cachée*
    Gaëtan Picard (2010)

56. *L'ouvreuse de portes
    La malédiction des
    Ferdinand*
    Roger Marcotte (2010)

57. *Tout pour un podium*
    Diane Bergeron (2011)